ARIANA ROSSI

Pension Meerblick

Neues Glück auf Sardinien

Impressum

Sonderausgabe März 2023
mit Rezepten

Monika Dennerlein
c/o ebookfaktur
Heynestraße 33
90433 Nürnberg

www.inka-loreen-minden.de
E-Mail: lucy-palmer@inka-loreen-minden.de
Coverbild-Design M. Dennerlein
Katze: @ Gordon Johnson
Lektorat / Korrektorat: G. Gatto und L. Kindermann

ISBN-13: 978-3757908973

Herstellung und Druck über tolino media GmbH & Co. KG, München.
Printed in Germany

Kapitel 1

Ankunft in der »Pension Meerblick«

Eva schritt auf die große, mit allerlei Pflanzen dekorierte Terrasse und hielt sich am schmiedeeisernen Geländer fest. Der Blick von hier oben auf das türkisblaue Meer faszinierte sie jedes Mal, besonders wenn die Sonne es zum Glitzern brachte. Die kleine Pension ihrer Freundin Maren stand auf Klippen und war umgeben von traumhaften Pinienwäldern. Die Unterkunft erfreute sich bei Touristen, die Ruhe und Erholung suchten, großer Beliebtheit, da das zweistöckige Haus etwas abseits des gewohnten Trubels lag. Doch jetzt waren neben Eva nur Maren und Kater Pino hier. Der maunzende Stubentiger bemerkte wohl, dass sein Frauchen ihn bald allein lassen würde, denn er strich ständig schnurrend um Marens Füße herum.

Eva war gerade erst aus München angereist. Maren hatte sie mit dem Auto vom dreißig Fahrminuten entfernten Flughafen in Olbia abgeholt, und nun befand sie sich wirklich auf Sardinien, weit weg vom tristen Deutschland und ihrem verfluchten Ex Jens. Sie konnte es noch gar nicht richtig glauben. Die ersten Tage auf der Insel kamen ihr jedes Mal ein bisschen surreal vor, weil die intensiven Farben wie auf einer Bilderbuchpostkarte aussahen. Eva war unendlich dankbar, seit vierzig Jahren mit Maren befreundet zu sein.

Ihre Verbündete seit Kindergartenzeiten war ihr Engel in der Not.

Eva schloss die Augen und reckte ihr Gesicht der wärmenden Sonne entgegen, deren Strahlen ein belebendes Prickeln auf ihrer Haut hinterließen. Tief sog sie die salzige Brise und die nach Pinienharz duftende Luft ein. Das balsamische Aroma, das ein Hauch von Menthol enthielt, umschmeichelte nicht nur ihren Geruchssinn, sondern auch ihre Seele. Genauso heilsam war das Rauschen der Wellen, die sich sanft an dem schmalen weißen Sandstrand brachen. Die Rufe zweier Bussarde, die weit oben am tiefblauen Himmel kreisten, hallten zu ihnen herunter.

Wohlig seufzend öffnete Eva die Lider. »Natur pur und Sommerfeeling. Das habe ich nach den nasskalten Tagen in München und all dem Trubel wirklich vermisst.«

Es war einfach herrlich auf Sardinien, vor allen Dingen hier bei Maren, ihrer Schwester im Geiste, die im Norden der Insel wohnte. Beinahe ihr ganzes Leben kannten sie sich und waren beste Freundinnen. Als Maren vor zwanzig Jahren nach Italien auswanderte, war Eva todtraurig gewesen. Doch sie hatte damals Jens kennengelernt und war abgelenkt gewesen. Außerdem waren Maren und sie immer in Kontakt geblieben, und Eva hatte in der schnuckligen Pension »Vista Mare« alle paar Jahre einen »Mädelsurlaub« verbracht. Deshalb erinnerte sie hier wenigstens nichts an Jens.

Den heftigsten Schmerz hatte sie zum Glück verarbeitet und war sehr froh, dass sie als erfolgreiche Grafikdesignerin finanziell unabhängig war und auf eigenen Beinen stand. Die hohe Miete für ihre Wohnung in München würde sie sich allein jedoch nicht lange leisten können. Aber ihr Job erlaubte es ihr, leben und arbeiten zu können, wo sie wollte. Vielleicht sollte sie alle Brücken in ihrer alten Heimat hinter sich abreißen und zu ihrer Freundin nach Sardinien ziehen? In München hielt sie im Grunde nichts mehr.

»Wenn ich morgen nicht zu Mama nach Köln fliegen müsste«, erklärte ihr Maren mit bedrückter Stimme, »würde ich so gerne länger bleiben. Ich sehe, dass es dir immer noch nicht gut geht.«

»Das mit Jens ist jetzt fünf Monate her«, erklärte ihr Eva und legte einen Arm um ihre Freundin. »Deine Mama braucht dich dringender als ich. Hoffentlich wird die Therapie nicht zu anstrengend für sie.«

»Scheiß Krebs«, murmelte Maren traurig. »Und scheiß Männer.«

Eva seufzte schwerfällig. »Ja, wir kommen auch ganz gut ohne beides aus.«

»Aber die Männer nicht ohne uns.« Grinsend hob Maren ihren orangeroten Kater Pino in die Arme und drückte ihn an die Brust. »Gell, mein Dickerchen? Ich werde dich vermissen. Sei schön lieb zu deinem neuen Dosenöffner.«

Eva lachte – es war das erste Mal, dass sie das tat, seit Jens ausgezogen war – und es fühlte sich unglaublich befreiend an. »Wir werden uns schon verstehen.« Pino würde ihr guttun. Katzen spürten, wenn es einem nicht gut ging. Als Kind hatte sie auch einen Kater gehabt und hätte sich sofort wieder einen geholt – schließlich arbeitete sie viel von zu Hause aus. Aber Jens war allergisch.

Doch nun ist Jens Geschichte, yippie, dachte sie und hätte am liebsten geheult. Zum Glück lenkte Maren sie ab, indem sie fragte: »Magst du dich umziehen, und dann zeige ich dir alles?«

»Das ist eine gute Idee.« Sie trug immer noch ihre viel zu warmen Reiseklamotten – Sneaker, eine bequeme Jeans sowie ein T-Shirt – und konnte es kaum erwarten, ihrer blassen Haut ein wenig mehr Farbe zu verleihen. Außerdem freute sie sich darauf, auf das Haus aufzupassen, die Pflanzen zu gießen und Pino zu versorgen. Eva durfte sogar in Marens persönlichen vier Wänden wohnen und musste nicht in einem Zimmer der Pension schlafen. Gegen ein solches hätte sie aber auch nichts einzuwenden gehabt. Jedes Mini-Apartment war sehr gemütlich und landestypisch eingerichtet. Maren verfügte über einen außerordentlich guten Geschmack.

Über die Terrasse gingen sie zum hufeisenförmig gebauten Haus, das einen zauberhaften Innenhof mit Feuerstelle besaß. Eine Pergola aus Holz spendete Schatten, denn Kletterpflanzen rankten sich um die Sparren des Dachgitters. Darunter fanden sich bequeme Sitzgelegenheiten aus Korbgeflecht, auf denen normalerweise dicke türkis- und anthrazitfarbene Polster lagen.

»Wenn du es dir gemütlich machen willst«, sagte Maren und deutete auf ein Gartenhäuschen, das sich tiefer auf dem Grundstück, eingebettet zwischen alten Korkeichen, befand, »findest du dort drin alles. Da bewahre ich auch die großen Strandhandtücher für die Gäste auf. Das Meer ist zwar noch ein bisschen kühl, aber vielleicht bist du ja so mutig und traust dich rein.«

Eva grinste. »Und ob ich das bin.« Sie würde die Wochen auf Sardinien in vollen Zügen genießen und mitnehmen, was ging. Viele neue Eindrücke würden die alten Erinnerungen verblassen lassen. Zum türkisfarbenen Wasser war es auch nur ein Katzensprung: Eine in den Felsen geschlagene Treppe führte von der Terrasse hinunter an den kleinen Strand. Eva liebte es, am Ufer auf und ab zu gehen, die Zehen in den feinen weißen Sand zu graben, ihre Füße im klaren Nass zu erfrischen und Muscheln zu suchen. Bestimmt entdeckte sie einige schöne Fotomotive, die sie für ihren Job immer als Inspiration gebrauchen konnte.

Über eine Doppelflügeltür mit weiß lackierten Holzrahmen und türkisfarbenen Fensterläden betraten sie den Frühstücksbereich der Pension. Zwei lange Fensterreihen, unter denen weiße Sitzbänke angebracht waren, bildeten eine gemütliche Essecke. Auch hier dominierten wieder die Farben Weiß und Türkis. Die großen Scheiben ließen viel Licht herein und boten einen atemberaubenden Ausblick auf die Wälder und das Meer. Doch hier würde Eva diesmal nicht sitzen und ihren Morgenkaffee trinken, sondern wahrscheinlich eher in Marens Wohnung.

Sie gingen an der Rezeption am Haupteingang vorbei bis zur Küche der Pension und der anschließenden Waschküche. Dort stand neben zwei großen Industriemaschinen und einem gigantischen Trockner auch Marens private Waschmaschine, die Eva nutzen konnte. Wenn das Haus bis auf das letzte Zimmer besetzt war, hatte Maren alle Hände voll zu tun. Dann half ihr eine junge Frau aus dem angrenzenden Dorf.

Nachdem ihr Maren erklärt hatte, wie sich ihre manchmal zickige Waschmaschine bedienen ließ, gingen sie den Weg zurück, schnappten sich an der Rezeption Evas Koffer und stiegen über eine schmale Holztreppe nach oben.

Vier Gästezimmer lagen im Erdgeschoss, die restlichen sechs in der ersten Etage, genau wie Marens Wohnung. Heute Nacht würde Eva noch in einem der Zimmer schlafen. Maren wollte ihr das größte und schönste geben, doch Eva vergnügte sich mit dem kleinsten, das direkt an die Wohnung angrenzte. Sie wollte ihrer Freundin so wenig Umstände bereiten wie möglich.

Der kleine Raum war zweckmäßig und spartanisch eingerichtet. Eva öffnete auf dem Bett ihre Koffer und holte ein paar lässige Sommersachen heraus: ein überlanges, hauchdünnes Shirt, ihre bequeme schwarze Culotte, die wie ein Hosenrock aussah und ihren etwas kräftigeren Oberschenkeln schmeichelte, und ihre Riemensandaletten. Nachdem sie sich frisch gemacht und umgezogen hatte, traf sie sich mit Maren in deren Wohnung, um mit einem sardischen Likör auf Evas neugewonnene Freiheit anzustoßen.

»Und auf deine Mama«, sagte sie. »Hoffentlich geht es ihr bald wieder besser.«

»Das hoffe ich auch«, murmelte Maren mit nachdenklichem Blick.

Bald war Mai, und dann begann auf Sardinien die Badesaison. Normalerweise war die »Pension Meerblick« zu dieser Zeit immer ausgebucht. Nun musste Maren auf wichtige Einnahmen verzichten. Doch sie hatte sich ein finanzielles Polster angespart und konnte einen kurzen Ausfall verkraften.

In der nächsten Stunde erklärte ihr Maren, um welche Pflanzen im und um das Haus sich Eva kümmern musste, wann Pino sein Futter bekam und dass sie sich keine Sorgen machen brauchte, wenn er nachts nicht zu Hause war. »Er ist ein alter Streuner und kommt und geht, wie es ihm beliebt. Aber er lässt selten eine Mahlzeit aus. Typisch Mann, eben.«

Jens hat auch immer schlechte Laune bekommen, wenn das Essen nicht schnell genug auf dem Tisch stand, dachte Eva und schalt sich, weil sie erneut an diesen Mistkerl dachte. Zwanzig Jahre lang hatte sie mit ihm zusammengelebt und es nicht kommen sehen, von heute auf morgen ohne ihn zu sein. Allerdings war sie in den letzten Monaten prima allein klargekommen. Sie brauchte keinen Mann. Die bereiteten früher oder später nur Probleme.

Wie immer, wenn Eva Urlaub am Meer machte, musste sie so bald wie möglich das Wasser testen. Gemeinsam mit Maren stieg sie die Treppe zum Strand hinab, um mit ihr barfuß am Ufer auf und ab zu laufen. Warmer, weicher Sand wechselte sich ab mit kühlendem Nass, das sanft Evas Füße umspülte und einen Großteil ihres alten Kummers abzuwaschen schien. Maren erzählte ihr von den Sorgen um ihre Mutter, und Eva wünschte gemeinsam mit ihr Jens zum Teufel. Wie so oft gaben sie sich gegenseitig Halt, und das tat einfach verdammt gut.

Bis spät am Abend saßen sie auf der Terrasse, erfreuten

sich am Glitzern des Meeres, beobachteten die vorbei schippernden Schiffe und nippten an ihrem Wein. Eva trank nur ein Glas, da sie ihre Freundin am nächsten Tag zum Flughafen fahren musste, und genoss es, stundenlang über alte Zeiten zu reden und über ihre Verflossenen zu lästern. Maren hatte beziehungstechnisch schon mehr Tiefen als Höhen durchlebt, und Eva wünschte sich, dass ihre Freundin eines Tages die große Liebe fand.

Sie selbst glaubte vorerst nicht mehr an die Liebe und wollte so schnell keinem Mann mehr verfallen. Das Leben war auch als Single schön.

Kapitel 2

Ein unerwarteter Gast

Eva fuhr Maren mit deren Smart gleich am frühen Morgen zum Flughafen und war ihrer Freundin dankbar, den Wagen nutzen zu dürfen, solange sie Housesitter spielte. Sardinien ließ sich am besten mit dem Auto entdecken. Doch heute würde sie einen faulen Tag einlegen. Zuerst erkundete sie zu Fuß das Gelände um die Pension herum und machte einen Spaziergang durch den herrlich duftenden Wald.

Mittags bereitete sie sich in Marens Wohnung einen Salat mit Hähnchenstreifen zu – ihre allerbeste Freundin hatte den Kühlschrank vor der Abreise noch ordentlich gefüllt – und zog sich danach einen Bikini an, um auf der Terrasse im Liegestuhl ein Buch zu lesen und den Ausblick zu genießen.

Das Summen und Brummen fleißiger Bienchen, die sich an den bunten Blumen gütlich taten, und die wärmenden Sonnenstrahlen machten sie müde. Erst jetzt bemerkte sie, wie erschöpft sie sich nach all dem Mist der letzten Monate fühlte. Deshalb legte sie ihren E-Book-Reader zur Seite und schloss die Augen. Leider musste sie sofort wieder an Jens denken. Der hatte nie heiraten wollen … als ob er auf eine andere gewartet hätte und sie nur der Lückenfüller gewesen war. Zwanzig Jahre lang! Sie kam sich unendlich gedemütigt vor. Doch ihre Wutphase war so gut wie vorbei.

Zuerst war sie schockiert gewesen, als er von heute auf morgen seine Sachen gepackt hatte und aus ihrer gemeinsamen Wohnung ausgezogen war. Eva war es unendlich schwergefallen, die Trennung zu akzeptieren, hatte Jens unzählige Male angerufen, ihm geschrieben und schließlich versucht herauszufinden, wer seine neue Flamme war. Das war nicht schwer gewesen, denn er hatte mit Lisa auf Instagram angegeben, Bilder vom gemeinsamen Malediven-Urlaub gepostet und stolz ihr winziges Babybäuchlein fotografiert. Lisa war vielleicht halb so alt wie sie!

Nachdem Eva erfahren hatte, dass er Vater wurde, war ihre Trennungsphase nahtlos in Stufe zwei übergegangen. Wochenlang war sie zornig und traurig zugleich gewesen und hatte ständig überlegt, was sie falschgemacht hatte.

Mit Kindern hatte es bei ihnen nie geklappt, und sie beide hatten die Tatsache, niemals Eltern zu werden, akzeptiert. Eva hatte sich tatsächlich damit abgefunden, aber allem Anschein nach Jens nicht, obwohl er ständig betont hatte, auch ohne Kinder glücklich zu sein. Nun würde er bald Papa werden …

Schließlich hatte Eva die neuen Umstände akzeptiert und alle von Jens' »Rückständen« aus der Wohnung entfernt. Jetzt wollte sie nur noch einen Neuanfang, und wo konnte der besser beginnen als auf einer wunderschönen Insel im Mittelmeer.

Im Grunde war sie stolz auf sich, denn die unterschiedlichen Trennungsphasen hatten insgesamt nur wenige Monate gedauert. Womöglich war sie mit Jens gar nicht so glücklich gewesen, wie sie sich oft eingeredet hatte …

Ein entferntes Klingeln riss sie aus ihrem Dämmerzustand. Es kam von irgendwo aus der Pension!

Eva schlüpfte in ihr Longshirt und ging über die Terrasse ins Haus. Sie sah besser nach, woher das Geräusch kam. Nicht dass Pino noch etwas angestellt hatte. Seit dem Frühstück hatte sie den Kater nicht mehr gesehen.

Als sie die Rezeption erreichte, bemerkte sie, dass jemand vor der verschlossenen Haustür stand, ein Mann in einem Anzug. Eva konnte ihn durch die Sichtscheibe gut erkennen und schätzte ihn auf ungefähr ihr Alter, vielleicht auch etwas darüber. Ob das ein Vertreter war?

Der Schlüssel steckte von innen, es war zum Glück abgesperrt. Dennoch hatte sie ein mulmiges Gefühl, weil sie sich ganz allein hier aufhielt. Nur ab und an verirrten sich ein paar Touristen an den kleinen Strand.

»Es tut mir leid«, rief sie durch die Tür. »Die Pension hat geschlossen!«

Er trat näher an die Scheibe und musterte sie eingehend von oben bis unten, sodass sie sich in ihrem langen Shirt plötzlich ganz nackt vorkam.

Der Mann war recht groß, schlank, besaß ein attraktives Gesicht und auffällig graublaue Augen. Er hatte noch überraschend dichtes Haar für sein Alter, jedoch zeigten sich darin einige graue Strähnen und die Schläfen waren stärker ergraut. Er könnte beinahe als Model für Männerkosmetik ab fünfzig durchgehen.

War ihm nicht zu warm in seinem Anzug? Für einen Vertreter hatte er aber einen ziemlich großen Koffer dabei. Vielleicht wollte er Maren neue Kochtöpfe oder Handtücher andrehen.

Da er nicht antwortete, wusste sie nicht, ob er sie verstanden hatte oder überhaupt ihre Sprache sprach. Erneut rief sie: »Tut mir leid, die Pension hat geschlossen und wir kaufen nichts. Chiuso.«

»Geschlossen?« Seine Stirn legte sich in Falten. »Das kann unmöglich sein. Ich habe einen Termin.«

Sie hätte gar nicht so zu schreien brauchen. Sie konnte ihn sehr gut verstehen. »Termin?«, wiederholte sie. Also war er doch ein Vertreter für irgendwas.

»Ich habe hier ein Zimmer gebucht und mache Marens Steuer wie jedes Jahr. Kann ich sie bitte sprechen?« Mittlerweile klang er leicht genervt.

»Oh je, Maren muss vergessen haben, Ihnen abzusagen. Sie ist in Deutschland.«

»Bei ihrer Mutter?«

Anscheinend kannte er sie näher.

Eva nickte vorsichtig. Sie wusste nichts über den Mann. Vielleicht war er ein Betrüger.

Als sie beide unisono sagten: »Ich rufe sie an«, war nun sie diejenige, die die Stirn runzelte. Er hatte ihre Privatnummer?

Noch bevor Eva von der Terrasse ihr Telefon holen konnte, hatte er bereits sein Smartphone aus der Innentasche seines Sakkos gezogen und tippte darauf herum.

»Hey, Maren, ich bin's, Markus«, hörte Eva ihn durch die Scheibe sagen, während er ihr den Rücken zukehrte. »Ich stehe gerade vor deiner Pension.«

Markus? Irgendwas klingelte da bei ihr.

»Ich hoffe, deiner Mutter geht es den Umständen entsprechend nicht allzu schlecht.«

Er wusste über die Krebserkrankung Bescheid? Er klang sogar ziemlich besorgt. Welcher Fremde erkundigte sich zuerst nach dem Gesundheitszustand der Mutter seiner Vermieterin, anstatt sich aufzuregen, weil er vor verschlossenen Türen stand?

Eva drehte den Schlüssel herum und öffnete die Haustür einen Spalt. Maren redete so laut und aufgeregt, dass sie ein paar Brocken aufschnappte: »Oh nein, ich habe dich total vergessen! Es tut mir unendlich leid, Markus. Ich bin auch gerade erst gelandet.«

Ja, das war definitiv Marens Stimme. Eva zog die Tür ganz auf.

»Hast du meine Freundin Eva schon kennengelernt?«, fragte Maren.

Markus drehte sich um und nickte. »Ich denke schon.«

»Kannst du sie mir bitte mal geben?«

Ohne zu zögern, reichte er ihr sein Telefon, und ihre Finger berührten sich für einen kurzen Augenblick.

Sie versuchte, das angenehme Gefühl zu ignorieren und nicht in seine schönen Augen zu blicken.

So leise, dass es Markus bestimmt nicht verstand, sagte Maren: »Eva, es tut mir so leid! Markus kommt jedes Jahr fast zur selben Zeit, um sich um den ganzen Steuerkram zu kümmern. Dafür darf er hier kostenlos Urlaub machen. Ich habe ganz vergessen, ihm abzusagen. Was soll ich denn jetzt tun? Ich kann ihn doch nicht wieder zurück nach Deutschland schicken? Er müsste seinen Rückflug umbuchen, denn ein anderes freies Zimmer wird er zu dieser Zeit kaum finden und …« Ihre Freundin klang unglaublich gestresst und verzweifelt.

»Maren, atme mal tief durch.« Eva holte selbst Luft, weil sie mit ihrer Freundin mitlitt. »Weiß er denn, wo alles liegt?«

»Meine Ordner sind in einem Schrank in meinem Büro. Den kennt er.«

»Prima, und wenn ich ihm einfach ein Zimmer gebe?« Während sie auf Marens Antwort wartete, blickte sie den Mann schulterzuckend an.

Der stand wie festgewurzelt vor der Tür und sagte nichts.

»Traust du dir das zu?«, fragte Maren.

»Klar. Kann nur sein, dass ich mich öfter mal bei dir melden muss, wenn ich Fragen habe.« Sie hatte keine große Lust, einen Fremden zu bewirten, außerdem hätte sie zu gerne ihre Einsamkeit weiter genossen. Doch für ihre Freundin würde sie alles tun.

»Bitte machen Sie sich meinetwegen keine Umstände«, erklärte er. »Ich brauche wirklich nur ein Zimmer. Zum Essen kann ich ins Dorf gehen.«

»Hast du gehört?«, sagte Eva durchs Telefon. »Er wäre auch ganz unkompliziert.«

»Das ist er immer«, antwortete Maren weniger gestresst, woraufhin Markus grinste.

Himmel, er sah gleich noch attraktiver aus, wenn er sie freundlich anschaute. Solch ein gut aussehendes Exemplar geballter Männlichkeit konnte sie jetzt überhaupt nicht gebrauchen. Aber wahrscheinlich gab es zwischen ihnen ohnehin kaum Berührungspunkte. Er würde die Steuer machen, sie chillen und nebenher ebenfalls arbeiten. Sie musste bis nächste Woche ein Motiv für eine Laptop-Tasche gestalten. Doch damit war sie fast fertig, und die nächsten Deadlines lagen in weiter Ferne.

Maren bedankte sich gleich mehrmals und klang sehr erleichtert. »Dann gib ihm bitte Schlüssel Nummer 6. Der ist für das schönste und größte Zimmer, das ich habe.«

Eva wusste, wo die Schlüssel lagen. Bisher lief alles wie geschmiert. »Mache ich, und nun fahr zu deiner Mama. Liebe Grüße von mir.«

»Ich weiß gar nicht, wie ich mich jemals bei dir revanchieren kann.«

»Das ist mein Dankeschön, weil ich hier ein paar wundervolle Wochen verbringen darf.«

Sie hörte Maren glücklich seufzen. »Ihr werdet euch bestimmt gut verstehen. Markus ist wirklich ein ganz Lieber.«

Hmm, hatte sie da gerade ein Grinsen herausgehört? Ihre Freundin hegte hoffentlich keine Verkupplungsabsichten? Eva war nicht auf eine Insel geflogen, um sich gleich ins nächste Liebesabenteuer zu stürzen.

Nein, Maren war sicher bloß froh, weil das Problem gelöst war.

Sie verabschiedeten sich voneinander, und Eva reichte dem Mann das Telefon. »Na, dann treten Sie ein, Herr …«

»Winterfeld«, sagte er. »Doch sag bitte Markus zu mir. Es kommt mir ohnehin vor, als würden wir uns bereits kennen. Maren hat mir schon einiges über dich erzählt.«

»Hat sie das?«, fragte sie wenig geistreich und überlegte fieberhaft, was Maren ihr über Markus erzählt hatte. Steuerberater ... Winterfeld ... »Sie beide kennen sich vom Betriebswirtschaftsstudium, oder?«, sagte sie, aber das war auch schon das Einzige, woran sie sich erinnerte. Hin und wieder hatte Maren etwas über ihren Steuerberater fallenlassen. Doch da ihn Eva noch nie zu Gesicht bekommen hatte, waren ihr leider nicht mehr Details im Gedächtnis geblieben. Nun wünschte Eva, sie hätte besser aufgepasst. Doch meistens war sie abgelenkt von Beziehungsproblemen mit Jens gewesen – im Nachhinein wurde ihr bewusst, dass sie sich ziemlich oft bei Maren seinetwegen ausgeheult hatte. Ansonsten hatten sich ihre Gespräche meist um Luca gedreht, Marens Schwarm. Sie beide schmiedeten immer neue Pläne, wie sich ihre Freundin den heißen Italiener angeln konnte.

»Genau, wir sind alte Freunde«, sagte er. »Kennen uns von der Uni.«

An der Rezeption zog Eva eine Schublade auf und reichte ihm Schlüssel Nummer sechs. Markus besaß gepflegte Hände, das gefiel ihr an einem Mann. Als Steuerberater achtete er wohl sehr auf sein Äußeres. Und wie er roch! Wie ein italienischer Sommer, temperamentvoll und warm, nach Zitrusfrüchten und Bergamotte.

Himmelherrgott noch mal, solch ein fantastischer Duft gehörte verboten!

»Danke«, raunte er, und als sie ihm direkt ins Gesicht blickte, machte ihr Herz einen wilden Sprung. Seine Fältchen um Augen und Mund ließen ihn nur noch attraktiver wirken. Sie zeugten von einem bewegten Leben, allerdings auch davon, dass er gerne lachte. Doch sie bemerkte darunter ein paar Kummerfalten. Gerade wirkte er nachdenklich und amüsiert gleichermaßen. Er schob die Brauen leicht zusammen, aber ein Schmunzeln lag auf seinen schönen Lippen. Sein Bartschatten verlieh ihm etwas Verwegenes.

Markus war höchstens ein paar Jährchen älter als sie, maximal fünfzig, und er sah mit jeder Minute, die verging, heißer aus. Warum hatte ihn sich Maren nicht längst geangelt? Wieso hielt sie derart vehement an Luca fest, der sie so gut wie gar nicht beachtete, während Markus jedes Jahr hierher reiste? Weil er in Deutschland arbeitete?

»Danke für den Schlüssel«, sagte er. »Ich werde erst morgen mit der Steuer anfangen. Immer wenn ich hier ankomme, muss ich sofort ins Meer.«

»So ähnlich mache ich das auch«, erklärte sie und erwischte sich dabei, wie sie ihn plötzlich angrinste. Er schien wirklich okay zu sein, genau wie Maren behauptet hatte.

Sanft lächelte er sie an. »Wir beide werden das schon hinbekommen.«

»Das denke ich auch«, erwiderte sie, während es in ihrem Magen prickelte, als hätte sie zu viel Sekt getrunken.

»Dann … vielleicht bis später.« Er nahm sein Gepäck und stieg die Treppe nach oben.

Eva blickte ihm hinterher und kam sich vor wie ein verknallter Teenager, weil sie ihm auf den Hintern starrte und sich vorstellte, wie seine Kehrseite ohne die ganzen Stofflagen aussah. Seine Anzughose spannte sich über verdammt knackige Backen. Da musste Frau einfach hinschauen, selbst in ihrem Alter. Sie war schließlich nicht tot!

Dass sie sich tatsächlich in ihn verliebte, schloss sie allerdings aus. Aber womöglich war es gar nicht so schlecht, ein wenig zusätzliche Ablenkung in Form von geballter Männlichkeit auf dem Buffet liegen zu haben. Ein bisschen Naschen hatte noch nie geschadet, und noch weniger gefährlich war es, nur zu gucken. Das Housesitting würde bestimmt amüsant werden.

Kapitel 3

Männerfreundschaften

Markus stellte seine Koffer neben das Bett, zog sich das Jackett aus und wusch sich die Hände. Er trug seinen viel zu warmen Anzug, weil er kurz vor dem Abflug noch einen Termin gehabt hatte. Müde blickte ihm sein Spiegelbild entgegen. Er hatte auch schon mal besser ausgesehen. Doch nun durfte er drei Wochen Auszeit genießen – von Marens Steuererklärung abgesehen, aber die war nicht sehr kompliziert.

Als er vor verschlossenen Türen gestanden und keine anderen Gäste gesehen hatte, war er besorgt gewesen. Schließlich hätte Maren etwas zugestoßen sein können. Doch dann war eine attraktive Frau aufgetaucht, und es hatte sich alles geklärt.

Er nahm es Maren nicht übel, dass sie völlig durch den Wind war. Immerhin wusste er genau, was sie durchmachte. Trotzdem fand er es ein bisschen schade, sie nicht zu sehen. Mit ihr konnte er sich immer über alles Mögliche unterhalten. Aber ihre Freundin Eva schien ein annehmbarer Ersatz zu sein. Er bewunderte es, wie sie alles in die Hand genommen hatte und sogar ihre Freizeit für ihn opferte. Jetzt verstand er, warum Maren in den höchsten Tönen von ihr schwärmte. Eva schien wirklich eine tolle Frau zu sein.

Ob sie allein hier war? Soweit er gehört hatte, war sie

vergeben.

Gut, dann kam er wenigstens nicht in Versuchung, mit ihr zu flirten. Er wusste ohnehin nicht mehr, wie das ging. Er hatte auch keine Ahnung, ob er schon bereit wäre für eine Urlaubsromanze. Bisher hatte er nicht das Bedürfnis nach einer Affäre und schon gar nicht nach einer neuen Beziehung verspürt, zumindest nicht in Düsseldorf, wo ihn fast jede Ecke an Katja erinnerte.

Markus freute sich dennoch auf Ablenkung, denn hier erinnerte ihn nichts an sein altes Leben. Allein das mediterran eingerichtete Zimmer verbreitete Urlaubsfeeling: terrakottafarbene Bodenfliesen, ein großer, mit Holz umrahmter Spiegel, weiße Möbel … und überall hatte Maren farbliche Akzente gesetzt. Sie besaß ein Händchen für geschmackvolles Innendesign.

Das geräumige Zimmer verfügte über einen kleinen Balkon und Blick auf den Innenhof. Direkt gegenüber lag Marens Apartment – in dem jetzt Eva wohnte, soweit er das Marens aufgeregten Worten entnommen hatte. Er nahm allerdings keine Bewegungen hinter den verschlossenen Fenstern wahr.

Er sollte jetzt auch nicht länger über Eva nachdenken, sondern endlich ins Wasser springen. Rasch zog er sich aus, öffnete die Koffer und schlüpfte in seine dunkelblauen Shorts. Im Badezimmer fand er in einem Regal ein Strandtuch. Jetzt fehlten nur noch seine Flipflops und dann konnte es losgehen. Er freute sich auf ein paar Runden im türkisfarbenen Meer.

Die Zimmertür zog er bloß zu – es war ja außer Eva ohnehin kein Gast hier. An der Rezeption angekommen, überprüfte er dennoch, ob die Haustür abgesperrt war. Perfekt, niemand kam herein. Er hatte zwar keine wirklichen Wertsachen dabei, aber falls ihm sein Arbeitscomputer abhanden käme, wäre das sehr ärgerlich.

Im Innenhof fand er Marens orangefarbenen Kater dösend in einem Korbstuhl. Er hatte sich ein schattiges Plätzchen gesucht und dort zusammengerollt. Als Pino ihn bemerkte, hob er sofort den Kopf und maunzte in seine Richtung.

»Na, du alter Schlawiner«, sagte Markus grinsend, warf sich das Handtuch über die Schulter und ging neben dem Stuhl in die Hocke. »Erinnerst du dich noch an mich?«

Als er dem Kater über das weiche Köpfchen strich, antwortete der ihm mit heftigem Schnurren. Pino drehte sich auf den Rücken und streckte alle viere von sich, woraufhin Markus ihn am Bauch kraulte. »Das gefällt dir, was?«

Als er plötzlich Eva amüsiert fragen hörte: »Frischst du alte Männerfreundschaften wieder auf?«, grinste er peinlich berührt in ihre Richtung. Er hatte gar nicht bemerkt, dass sie nur wenige Meter entfernt auf einem Liegestuhl saß.

»Es ist nie verkehrt, sich einen Verbündeten zu suchen«, antwortete er, »wenn man ganz allein mit einer Frau in einem Haus lebt.« Plötzlich wurde er sich der Situation überdeutlich bewusst. Sie beide waren wirklich die einzigen Personen hier.

Sie schmunzelte. »Keine Sorge, ich beiße nicht.«

Während er Pino streichelte und der genüsslich schnurrte, musste Markus immer wieder zu Eva blicken. Sie hatte ihr

Haar im Nacken zusammengebunden und trug einen weinroten Bikini, der ihre weiblichen Rundungen perfekt zur Geltung brachte. Mit dem E-Reader versuchte sie, ihr süßes Bäuchlein zu verstecken, doch er hatte es längst gesehen.

»Was liest du?«, fragte er.

»Einen Krimi.«

»Keine Liebesgeschichte?«

Als ihr Lächeln erlosch, trat er sich mental in den Hintern. Weil sie eine Frau war, hieß das ja nicht automatisch, dass sie nur romantische Bücher interessierten. Er hatte wirklich nicht in der Klischee-Kiste kramen wollen, sondern die Antwort war ihm einfach herausgerutscht. Er war nicht mehr geübt im Smalltalk, zumindest nicht mit einer attraktiven Frau in seinem Alter.

Er wollte sich gerade bei ihr entschuldigen, da antwortete sie: »Eigentlich lese ich Liebesromane sehr gerne, aber im Moment ist mir nicht danach.«

Verdammt, da hatte er doppelt ins Wespennest gestochen. Vermutlich hatte sie gerade Stress mit ihrem Partner. Machte sie deshalb ohne ihn Urlaub beziehungsweise passte allein auf die Pension auf? Oder hatte ihr Lebensgefährte sie aus beruflichen Gründen nicht begleiten können?

Warum zerbrach er sich über Eva den Kopf? Er war hier, um sowohl Marens Steuererklärung als auch Urlaub zu machen, nicht um sich eine Frau zu angeln.

»Ich gehe runter zum Meer«, sagte er schnell, um das Thema zu wechseln. »Kommst du mit?«

»Vielleicht später«, antwortete sie und deutete grinsend auf ihren Reader. »Ist grad so spannend.«

»Du verpasst was.« Er kraulte Pino noch einmal kurz am Kinn, erhob sich und marschierte an ihr vorbei zur Treppe, die hinunter zum Strand führte. Er wollte jetzt wirklich nur noch ein erfrischendes Bad nehmen. Das traumhaft klare Wasser würde sein erhitztes Blut abkühlen. Eva hatte etwas an sich, das ihn wie magisch zu ihr hinzog und sein Hirn vernebelte, sodass er sich wie ein Idiot anstellte. Das war ihm zum letzten Mal passiert, als er Katja begegnet war.

Eva versuchte, Markus nicht nachzustarren, während er lässig, nur gekleidet in Badeshorts, an ihr vorbeischlenderte. Doch sie konnte nicht anders. Sogar die hellblauen Flipflops sahen sexy an ihm aus!

Eieiei, an diesem Prachtexemplar musste ein Warnschild angebracht werden: Vorsicht, heiß!

Für einen Mann in seinem Alter besaß er eine äußerst ansprechende Figur. Die hatte sie ja schon zuvor durch seinen Anzug erahnen können, aber jetzt, so fast ganz ohne Kleidung … Hui, was für ein Sahnestück. Breite Schultern, schmale Hüften, Knackarsch, ein relativ flacher Bauch, lange, wohlgeformte Beine, nicht zu stark behaart …

Er schien regelmäßig Sport zu treiben, denn Betriebsprüfungen und Steuererklärungen formten keinen solch formidablen Körper. Er hatte nicht übermäßig viele Muskeln, doch sie waren alle gut definiert.

Mehr Bewegung würde ihr auch mal wieder nicht schaden, aber im Moment konnte sie sich zu nichts aufraffen.

Nachdem er die Stufen hinabgestiegen und aus ihrem Blickfeld verschwunden war, widerstand sie dem Drang, sich ans Geländer zu stellen und ihm beim Schwimmen zuzusehen – oder was auch immer er jetzt am Strand machte. Ihr Krimi interessierte sie leider nicht die Bohne. Allerdings wollte sie Markus nicht den Eindruck vermitteln, dass sie auf einen Urlaubsflirt aus war. Schließlich wollte sie sich die Männer fürs Erste vom Leib halten. Das war definitiv besser für ihr Seelenleben.

Ein anderer Mann machte sich gerade maunzend auf den Weg zu ihr. Schwanzwedelnd kam Pino angelaufen und sprang auf ihre Liege.

Eva empfing ihn schmunzelnd. »Na, jetzt bist du auf den Geschmack gekommen, ständig von uns verwöhnt zu werden, was?« Bestimmt vermisste Pino die anderen Gäste, die ihn sicher oft verhätschelten. Solch einen süßen Kater musste man einfach knuddeln.

Wie gerne wäre sie jetzt auch eine Katze. Dann würde sie sich den ganzen Tag von Markus den Bauch kraulen lassen.

Sie grinste bei dem Gedanken und nahm ihr Smartphone von einem Beistelltischchen. Mit der anderen Hand streichelte sie Pino, der sein Köpfchen an ihrem Knie rieb. Eva öffnete das Chatprogramm und schrieb Maren: *Warum hast du dir Markus eigentlich nie geangelt? Ist er vergeben? Schwul? Asexuell?*

Es dauerte keine zwei Minuten, da schickte ihr Maren einen Smiley, der die Zunge rausstreckte. *Er ist schon lange Single und wir kennen uns bereits ewig. Er ist wie ein Bruder für mich. Ich könnte mir nie vorstellen, etwas mit ihm anzufangen. Hast du etwa Interesse?* Zwinkersmiley, Zwinkersmiley, Zwinkersmiley, Zwinkersmiley.

Eva schickte ihr ein Emoji, das die Augen verdrehte. *Ich war nur neugierig, weil er jedes Jahr herkommt und deine Steuer macht. Welcher Kerl tut so was in seinem Urlaub?*

Er liebt eben seinen Job. Genieße die Zeit mit ihm, schrieb Maren, *aber lass ihn in einem Stück. Ich brauche ihn noch für meinen Finanzkram. Du weißt ja, wie sehr ich alles hasse, was mit Zahlen zu tun hat.*

Eva grinste. *Ich werde ihn pfleglich behandeln, großes Ehrenwort.*

Glucksend legte sie das Handy weg und lehnte sich zurück. Plötzlich sprang Pino von der Liege, um geduckt zu einem Busch zu schleichen. Während er mit der Pfote nach einem kleinen Krabbeltier schlug, sah Eva ihm gedankenverloren zu.

Markus steckte also im Moment in keiner Beziehung. Daher wäre es legitim, mit ihm herumzuschäkern. Es war nur ungewohnt für sie, nach zwanzig Jahren plötzlich »frei« zu sein und sich wieder auf dem Markt umsehen zu können – was nicht bedeutete, dass sie sich gleich ins nächste Liebeschaos stürzen wollte. Aber sie sollte sich wegen Jens wirklich nicht länger grämen und das Leben von A bis Z genießen.

Eva fasste einen Entschluss: Sie würde aufhören, in Selbstmitleid zu ertrinken, ausspannen, die Insel erkunden und sich an allem Schönen, was sich ihr gerade bot, erfreuen. Dazu gehörte auch, mit Markus zu flirten und sich einfach mal wieder unbeschwert zu fühlen. Ihr Ziel war es, nur angenehme Erinnerungen mit nach Hause zu nehmen.

Kapitel 4

Arbeit und Urlaub

Markus streckte sich genüsslich in seinem breiten Doppelbett aus und schlug die Augen auf. Es war bereits taghell draußen, und eine sanfte Brise, die nach Meer und Wald duftete, wehte die weißen Vorhänge ins Zimmer.

Er hatte richtig gut geschlafen, sogar mit offenem Fenster, was er in Düsseldorf wegen des Verkehrslärmes nie machen konnte. Er sollte sich wirklich nach einer anderen Wohnung umsehen. Das kleine Apartment, in das er vor zwei Jahren gezogen war, sollte ohnehin nur als Übergangslösung dienen.

Er drehte sich nach links und legte einen Arm auf die leere Seite des Bettes. Er vermisste es, sich am Morgen an einen weichen, warmen Körper zu schmiegen. Doch er hatte Angst, sich auf eine neue Beziehung einzulassen. Seine Ehe hatte ein schreckliches Ende genommen, und so etwas wollte er nie wieder erleben. Dennoch sollte er langsam nach vorne blicken. Maren predigte ihm das in letzter Zeit ständig, und sie hatte recht. Er hatte noch einige Jährchen vor sich, die er nicht nur in Arbeit ertränken, sondern auch genießen sollte. Da fiel ihm ein, dass er kurz vor dem Aufwachen eine sehr genussvolle Fantasie gehabt hatte: von Eva in ihrem Bikini. Leider hatte er die Details vergessen, aber der Traum musste sehr heiß gewesen sein, wenn er immer noch hart war.

Grinsend stand er auf und ging ins Badezimmer. Dabei zupfte er an dem Zelt in seinen Shorts. Das war ihm ja schon ewig nicht mehr passiert.

Womöglich hatte Maren recht und er sollte sich endlich wieder ein wenig vergnügen. Bloß sollte er nicht gerade Marens beste Freundin zum Objekt seiner Begierde machen. Er wollte seine Freundschaft zu ihr keinesfalls aufs Spiel setzen. Maren war ihm verdammt wichtig. Sie hatte in seinen finstersten Stunden immer ein Ohr für ihn gehabt.

Gestern hatte er ohnehin schon versucht, Eva den restlichen Tag so wenig wie möglich über den Weg zu laufen, und einen ausgedehnten Spaziergang unternommen. Danach war er in einem Restaurant Essen gewesen und früh zu Bett gegangen. Lediglich um einen Haustürschlüssel hatte er sie gebeten, damit er sie nicht ständig stören musste, wenn er ein und aus ging. Er wollte ihr keine großen Umstände bereiten.

Doch nun musste er zu ihr in die Wohnung, denn dort befand sich Marens kleines Büro. Markus würde sich einfach auf seine Arbeit konzentrieren, dann nahm er ohnehin kaum noch etwas um sich herum wahr.

Eva brühte gerade Kaffee auf, als es an der Wohnungstür klopfte. Pino konnte es nicht sein. Allerdings würde sie dem kleinen Vielfraß zutrauen, nach oben zu kommen, um noch eine Extraportion Katzenfutter zu verlangen. Sie hatte ihm sein Fressen vor einer Viertelstunde in seine angestammte Ecke im Innenhof gestellt. Von dort brach er auch immer zu seinen täglichen Touren auf. Durch eine kleine Klappe an der Terrassentür konnte er ins Haus schlüpfen.

Erneut klopfte es, diesmal lauter.

Verdammt, das war bestimmt Markus, und sie trug lediglich ein T-Shirt und ihre Lieblingsschlabberhose!

Es blieb keine Zeit, sich umzuziehen, vielleicht war es etwas Wichtiges. Also zog sie die Tür einen Spalt auf und lugte hinaus. »Guten Morgen.«

Frisch rasiert grinste er ihr entgegen. Sein Haar glänzte feucht; er kam wohl gerade aus der Dusche. Außerdem war er weniger steif gekleidet als bei seiner Ankunft. Er trug eine lange weiße Stoffhose, seine Flipflops und ein dunkelblaues T-Shirt.

Er sah zum Niederknien aus!

»Guten Morgen«, raunte er. »Ich hoffe, ich habe dich nicht geweckt.«

»Bin schon seit einer halben Stunde auf«, murmelte sie. Im Urlaub fiel es ihr schwer, morgens lange im Bett zu liegen, wenn draußen so herrliches Wetter herrschte.

Na ja, eigentlich hatte Pino sie aus ihrem Schlummer gerissen. Er hatte im Innenhof jämmerlich gejault, als würde er einen furchtbaren Hungertod sterben. Der Racker musste die ganze Nacht unterwegs gewesen sein. Zum Glück hatte Maren sie vorgewarnt, sonst hätte sie sich Sorgen gemacht.

Als Markus fragte: »Darf ich reinkommen?«, stockte ihr

der Atem.

Er wollte ... was? Warum?

Leise räusperte er sich. »Ich brauche die Ordner aus Marens Büro.«

»Oh ... ja ... klar!«, stammelte sie, wobei Hitze ihr Gesicht flutete. Nun bemerkte sie auch die Laptoptasche in seiner Hand. Schnell zog sie die Tür ganz auf.

Hatte sie ernsthaft gedacht, er wäre ihretwegen gekommen? Spätestens jetzt würde er ohnehin nichts mehr von ihr wollen, denn sie sah aus wie ein gerupftes Huhn. Herrjemine, sie hatte sich noch nicht einmal geduscht!

»Du weißt ja, wo alles ist«, sagte sie schief grinsend und ließ ihn vorangehen, während sie ins Badezimmer huschte, um wenigstens mit der Bürste ihr Haar zu bändigen.

»Stört es dich, wenn ich auf dem Balkon arbeite?«, rief er.

»Gar nicht!«, rief sie zurück, wobei ihr Herz wild klopfte. »Brauchst du noch irgendwas?«

»Ich finde mich zurecht. Danke dir.«

Gut, dann hatte sie wenigstens Zeit, unter die Dusche zu springen und sich anzuziehen. Sie wollte ihm kein zweites Mal als Vogelscheuche entgegentreten.

Markus hoffte, dass sich Eva nicht seinetwegen zurückgezogen hatte. Doch dann hörte er das Rauschen der Dusche und grinste. Er hatte sie wohl in einem ungünstigen Moment überrascht. Dabei hatte ihm ihr Aufzug durchaus gefallen. Genau so stellte er sich eine Frau vor, die gerade aufgestanden war. Ein bisschen zerknautscht, aber sexy.

Er trug sämtliche Ordner und was er sonst noch brauchte aus dem Büro auf den Balkontisch und genoss für einen Moment den warmen Morgen und die Geräusche der Natur. Eine sanfte Brise vom Meer brachte die Blätter der umliegenden Bäume zum Rascheln, und er beobachtete eine Möwe, die über der Pension kreiste. Die ersten Tage an einem traumhaften Urlaubsort wirkten auf ihn immer ein bisschen unwirklich, so als würde er träumen. Er könnte auch noch ewig die herrliche Umgebung genießen, doch er wollte so schnell wie möglich mit der Arbeit fertig werden. Daher klappte er seinen Laptop auf und legte los.

Gerade als er sich einen Überblick verschafft hatte, trat Eva auf den Balkon und fragte: »Hattest du überhaupt schon Frühstück?«

Sie trug ein einfaches hellblaues Sommerkleid, das ihr bis über die Knie reichte und ausgezeichnet stand. Ihre Zehennägel hatte sie in fast derselben Farbe lackiert – wahrscheinlich gerade erst, denn er nahm einen Hauch von Lack wahr. Außerdem war sie leicht geschminkt. Bisher hatte er sie nicht mit Make-up gesehen.

»Ich habe mir gestern was aus dem Restaurant mitgenommen, in dem ich zu Abend gegessen habe«, erklärte er ihr.

»Kaffee?«

»Der geht immer.«

Sie trat in die Wohnung und rief: »Wie magst du ihn?«

»Schwarz, bitte.«

Er hörte sie in der Küche hantieren, und als sie mit einer dampfenden Tasse zurückkehrte, fand er es schade, dass sie sich nicht zu ihm setzte. Stattdessen sagte sie schmunzelnd: »Dann werde ich auch mal was arbeiten. Ich muss mich schließlich solidarisch zeigen. Es wäre total gemein, wenn ich jetzt zum Strand runtergehen würde.«

Das könnten wir ja später machen, wollte er beinahe erwidern, biss sich jedoch rechtzeitig auf die Zunge und fragte stattdessen dämlich grinsend: »Du bist Designerin, oder?«

»Hm.« Ihre Mundwinkel hoben sich. »Du weißt wirklich viel über mich.«

»Leider nicht genug.«

Oh Mann, was redest du denn?, dachte er und sagte schnell: »Danke für den Kaffee.«

»Ist noch was in der Kanne. Sind auch zwei aufgebackene Brötchen übrig, wenn du magst.« Sie deutete in die Wohnung.

»Da sage ich nicht Nein.« Das belegte Baguette von gestern war nicht wirklich der Hit gewesen.

Als er aufstehen wollte, legte sie ihm kurz eine Hand auf die Schulter. »Bleib sitzen, ich hole sie dir.«

»Hör auf, mich zu bedienen. Du bist nicht meine Wirtin.«

Frech zwinkerte sie ihm zu. »Ich möchte nur, dass du Marens Pension eine gute Bewertung gibst.«

Er lachte. »Das habe ich längst.«

»Dann sieh es als Freundschaftsdienst.«

»Ich werde mich revanchieren, verlass dich drauf!«, rief er ihr hinterher, da sie schon wieder in die Küche eilte.

Er mochte es, sich locker mit ihr zu unterhalten und ein wenig herumzuschäkern. Es gab nicht viele Momente in seinem Leben, in denen er sich so frei fühlte wie gerade. Während der Arbeit benahm er sich immer viel zu steif, und Freizeit mit seinen Freunden gönnte er sich kaum noch, denn die meisten waren auch Katjas Freunde gewesen.

Nachdem ihm Eva die Brötchen hingestellt hatte, strich sie sich eine Strähne aus der Stirn und sagte: »Dann … bis später.«

»Bis später.« Angestrengt lauschte er, was sie vorhatte, wobei er so tat, als würde er Marens Ordner durchsehen. Nach ein paar Minuten hörte er das leise Klicken der Wohnungstür, und Eva tauchte unter ihm im Hof auf. Sie holte sich ein Sitzpolster aus dem Gartenhaus, suchte sich ein schattiges Plätzchen und nahm mit ihrem Laptop in einem der bequemen Korbsessel Platz.

Dort würde er jetzt auch viel lieber arbeiten. Aber der große Balkontisch war praktisch, und falls er noch etwas bräuchte, müsste er nur ein paar Schritte ins Büro gehen. Außerdem sollte Eva nicht denken, er würde sie stalken.

Ihre Nähe tat ihm allerdings trotzdem gut, denn sie grinsten sich immer an, sobald sich ihre Blicke trafen. Er fühlte sich herrlich beschwingt und ein wenig aufgekratzt. Gut gelaunt nahm er sich ein Brötchen und biss hinein. Mmm, das schmeckte lecker.

Ja, hier konnte er es aushalten.

Kapitel 5

Gemeinsam kochen

Wann immer Eva in Richtung Balkon blickte, grinste Markus sie an. Himmel, flirtete er etwa mit ihr?

Sie hatte keine Ahnung, denn sie besaß überhaupt keine Flirterfahrung mehr. Aber auch wenn er bloß freundlich sein wollte, tat es gut, von einem attraktiven Mann angelächelt zu werden. Wobei ihr an Markus nicht nur sein Aussehen gefiel. Er schien tatsächlich ein netter Kerl zu sein, genau wie Maren gesagt hatte.

Eva überlegte, ihn zum Mittagessen einzuladen. Er sollte nicht allein in einem Restaurant essen müssen, zumal das nächste fußläufig eine gute Viertelstunde entfernt lag. Er war Marens Freund und auch so etwas wie Evas Gast. Schließlich passte sie auf die Pension auf.

Begeistert von ihrer Idee, stürzte sie sich in die Arbeit. Erst gegen elf klappte sie den Laptop zu und ging zurück in die Wohnung. Markus saß immer noch auf dem Balkon, über jede Menge Papiere gebeugt, und schien alles um sich herum vergessen zu haben. Durch die dünnen Vorhänge, die sich sanft im Wind bewegten, beobachtete sie, wie er sich durchs Haar fuhr und es durcheinanderbrachte. Egal was er tat – er sah immer sexy aus, zudem reif, intelligent und erfahren. Er wusste bestimmt, was einer Frau gefiel.

Herrje, was ging denn nun schon wieder in ihrem Kopf vor? Wichtig war allein, dass Maren ihn gut kannte und ihm sehr vertraute, wenn er sogar wusste, wo sie all ihre wichtigen Dokumente aufbewahrte. Das gab ihr ein gutes Gefühl. Womöglich fand sie in ihm auch so etwas wie einen neuen Freund – auf rein platonischer Ebene, natürlich. Was Maren konnte, sollte ihr auch nicht schwerfallen.

Sie wusch sich die Hände und schaute nach, was sie in der Küche ausfindig machen konnte. Ihre Spezialität war es, dass sie aus den unterschiedlichsten Zutaten etwas Geschmackvolles kochen konnte, auch wenn sie es nie zuvor ausprobiert hatte.

Zu ihrer Freude entdeckte sie wilden grünen Spargel. Der sah anders aus als der deutsche Spargel und schmeckte leicht salzig. Sie würde einfach ein Gericht aus verschiedenem Gemüse zaubern.

Eva legte fast alles, was sie an Gemüse fand, auf den großen Holztisch, und suchte danach ein paar Kräuter, Gewürze und ihr »Arbeitswerkzeug« zusammen.

Als Markus plötzlich hinter ihr amüsiert fragte: »Machst du Inventur?«, wirbelte sie erschrocken herum und wurde sich erst danach bewusst, dass sie ein Messer in der Hand hielt. Sie hatte ihn gar nicht eintreten gehört!

Er wich zurück und hob die Arme. »Ich ergebe mich freiwillig!«

Schnell legte sie schief lächelnd das Messer weg. »Ich wollte dich eigentlich mit einem Essen überraschen.«

Er verschränkte die Arme vor der Brust, während er gleichzeitig ein Auge zukniff. »Du lädst mich ein?«

Er sah so süß aus, dass sie ihn am liebsten küssen wollte! Dabei war der Mann um die fünfzig und sie selbst auch kein Teenager mehr. Doch sie kam sich in seiner Gegenwart Jahrzehnte jünger vor.

»Zu zweit zu essen ist doch viel besser, oder?«, sagte sie.

»Da hast du recht.« Er tat so, als würde er sich imaginäre Ärmel hochkrempeln und stemmte die Hände in die Hüften. »Wie kann ich dir helfen?«

Er war perfekt! Wobei … Jens war auch der wahre Gentleman und sehr hilfsbereit gewesen, bevor sie ein Paar geworden waren. Danach hatte er sich ständig bedienen lassen. Doch mit Markus wollte sie schließlich keine Beziehung eingehen, also konnten ihr seine Eigenschaften egal sein.

Eva holte Frischkäse aus dem Kühlschrank und fragte: »Musst du nicht arbeiten?«

»Eine Pause schadet nicht.« Er stibitzte eine kleine Tomate vom Tisch und schob sie sich in die Wange. »Sag mir, was ich tun soll, und ich mache es. Anweisungen befolgen kann ich, aber im Kochen bin ich eine Niete.«

Sie lachte. »Wenn doch alle Männer so unkompliziert wären.«

»Steuererklärungen sind unkompliziert«, erklärte er grinsend. »Die Frage, was es täglich zum Mittagessen gibt, nicht.«

»Da wäre Maren sicher anderer Meinung.«

Unisono sagten sie: »Maren hasst alles mit Zahlen.«

Sie sahen sich an und prusteten los.

»Wir beide kennen sie eben zu gut.« Grinsend deutete Eva auf das Gemüse und gab ihm ein Brett. »Du kannst den

Spargel in etwa drei Zentimeter große Stücke schneiden.«

Er salutierte. »Drei Zentimeter, wird gemacht, Chefin.«

»Du bist ein Spaßvogel.«

Plötzlich erstarrte sein Gesicht. »Ich weiß gar nicht, was mit mir los ist. Ich war schon lange nicht mehr so übermütig. Liegt vermutlich an der zauberhaften Umgebung.«

Als sich sein intensiver Blick regelrecht in ihre Augen brannte, wandte sie sich schnell von ihm ab und begann, Kartoffeln zu schälen. Dieser Mann verwirrte sie total.

Während sie nebeneinander standen und Gemüse schnippelten, fanden sie in den »Normalbetrieb« zurück. Eva erklärte Markus, wie er die Zutaten am besten in die Auflaufform schichtete, und sie goss die Soße darüber.

»Warum passt du eigentlich allein auf die Pension auf?«, fragte er plötzlich. »Konnte dein Mann nicht mitkommen?«

Ohne ihn anzublicken, erwiderte sie: »Ich war nie verheiratet.«

»Aber du hast einen Partner?«

Ihr Herz pulsierte wild drauf los. Warum wollte er das wissen? »Wir haben uns vor ein paar Monaten getrennt«, erklärte sie knapp, denn sie hatte jetzt wirklich keine Lust, über Jens zu sprechen. Dazu war die Stimmung gerade viel zu gut.

»Das tut mir leid.«

»Das muss es nicht. Vielleicht haben wir nie wirklich zusammengepasst.« Sie schob die Auflaufform in den vorgeheizten Ofen und räumte ein paar Sachen in den Geschirrspüler. »Und du bist auch gerade Single? Behauptet zumindest Maren.« Wenn er sie schon direkt fragte, wollte sie auch Bescheid wissen.

Er kratzte sich am Nacken und starrte aus dem Fenster. »Ja, schon seit ein paar Jahren.«

»Jahren?«, rief sie erstaunt. »Warum hat ein Mann wie du keine Frau oder zumindest Freundin?«

Prompt erhitzte sich ihr Gesicht. Die Frage war ihr ohne nachzudenken herausgerutscht.

»Ich war verheiratet«, sagte er schief grinsend. »Aber danke für das Kompliment.«

»Also bist du geschieden?«

Er schüttelte den Kopf und senkte den Blick. »Meine Frau ist vor fünf Jahren gestorben.«

»Oh Gott, das tut mir sehr leid.« Jetzt fühlte sie sich schlecht, weil er sichtlich geknickt wirkte und die Schultern hängen ließ.

»Wie lange bleibst du denn hier?«, fragte er, als wollte er schnell das Thema wechseln. Sämtliche Leichtigkeit schien aus seiner ganzen Art gewichen zu sein, und es kam Eva vor, als hätte er eine unsichtbare Mauer zwischen ihnen errichtet.

»Solange Maren mich hier braucht«, antwortete sie. »Die Strahlentherapie ihrer Mama dauert erst einmal sechs Wochen, dann sehen wir weiter. Zum Glück kann ich arbeiten, wo ich möchte.« Sie redete wie ein Wasserfall und hoffte, nicht wieder in ein Fettnäpfchen zu treten. »Wie lange bleibst du denn?«

»Drei Wochen. Danach geht's zurück nach Deutschland und an die Arbeit.«

»Hoffentlich ist das Wetter dann besser.«

»Hm«, brummelte er und deutete in Richtung Balkon. »Ich werde noch ein bisschen was tun, bis das Essen fertig ist.«

»Ja … ich auch.« Ach, verdammt. Als sie gemeinsam den Auflauf zubereitet hatten, war die Welt in Ordnung gewesen. Was war seiner Frau bloß zugestoßen?

Während Eva in der Küche hantierte, warf sie jedes Mal, wenn sie an der Tür vorbeiging, einen Blick durch den Wohnraum auf den Balkon. Markus starrte einfach nur in seinen Laptop. Dabei wirkte er eher nachdenklich als traurig.

Während sie wartete, bis der Gemüseauflauf fertig war, tigerte sie ziellos durch Marens Wohnung und grübelte über Markus und seine verstorbene Frau. Er musste sie sehr geliebt haben, wenn ihn das Thema nach fünf Jahren immer noch so sehr mitnahm. Aber was waren ein paar Jahre, wenn man ein halbes Leben mit jemandem verbracht hatte?

So wie ich mit Jens … An ihn wollte sie wirklich nicht denken. Bestimmt schoss er gerade wieder unzählige Fotos vom Babybauch seiner Freundin und grinste sie dämlich verliebt an. Eva sollte endlich ihren Instagram-Account löschen, damit sie nicht ständig in Versuchung kam, nachzusehen, welche Bilder er postete.

Sie befand, dass das eine ausgezeichnete Idee war, schnappte sich ihr Smartphone und setzte ihr Vorhaben in die Tat um. Seltsamerweise fühlte sie sich sofort leichter. Danach checkte sie ihre Mails und schickte ihrer Mutter die letzten Bilder, die sie von der Umgebung geschossen hatte. Das Verhältnis zu ihrer Mama war schon immer eher kühl gewesen – Gott, wie vermisste sie Papa –, doch seit Eva wieder Single war, hatte es sich ein wenig gebessert. Mama hatte Jens noch nie ausstehen können und immer ihm die Schuld gegeben, warum sie nicht längst Oma war. Dabei lag die Kinderlosigkeit wirklich nicht an ihm. Eine anatomische Fehlbildung ihrer Eierstöcke war schuld daran. Lange Zeit war sich Eva deshalb nicht wie eine vollwertige Frau vorgekommen. Aber schließlich hatte sie ihr Schicksal akzeptiert.

Sie sah ihre Mutter nur selten – diese lebte bei ihrem neuen Lebenspartner in Schweden. Doch wenn Eva nicht mehr auf die Pension aufpassen musste, würde sie Mama vielleicht besuchen.

Während sie im Wohnraum den Esstisch deckte, der vor der geöffneten Balkontür stand, trat Markus ein, eilte an ihr vorbei und holte das Besteck aus der Küche. Dabei lag ein sanftes Lächeln auf seinen schönen Lippen. Puh, er schien wieder besser gelaunt zu sein.

Als sie gemeinsam aßen, war von der Mauer nichts mehr zu spüren. Sie redeten über Gott und die Welt, und Eva hatte das Gefühl, mit Markus über alles sprechen zu können. Aber sie hielt sich mit persönlichen Themen zurück. Sie kannten sich schließlich erst einen Tag.

Danach half er ihr beim Abräumen und machte sich wieder an die Arbeit. Eva schnappte sich ihr Handy, ging hinunter auf die Terrasse und tippte ein paar Nachrichten an Maren. Sie erkundigte sich nach ihrer Mutter, dem Wetter in Deutschland und knipste heimlich ein Bild von Markus, der fleißig auf dem Balkon die Steuererklärung machte. Anschließend schrieb sie: *Du hast mir gar nicht gesagt, dass seine Frau tot ist.*

Während sie auf eine Antwort wartete, stellte sie sich ans

Geländer und blickte hinunter zum menschenleeren Strand. Vielleicht sollte sie eine Runde schwimmen. Das Wasser würde sie abkühlen. Seit dem Mittagessen war ihr unglaublich heiß, und gerade glaubte sie, dass Markus' Blicke ihren Rücken versengten. Aber immer, wenn sie sich umdrehte, starrte er in seinen Computer.

Als das Telefon in ihrer Hand vibrierte, ließ sie es beinahe fallen. Maren hatte zurückgeschrieben: *Das mit seiner Frau ist zu persönlich. Markus ging es sehr lange schlecht deswegen.*

Musste sie denn ihrer Freundin alles aus der Nase ziehen? *War sie krank?*, tippte Eva schnell. *Hatte sie einen Unfall?*

Warum interessiert er dich plötzlich so sehr? Zwinkersmiley.

Eva schickte ihr ein Emoji zurück, dessen Kopf explodierte. *MAREN!!!!*

Vielleicht erzählt er dir das mal persönlich.

Bitte! Du sagst mir doch sonst auch alles.

Das ist wirklich ein heikles Thema. Bitte sprich ihn nicht direkt darauf an.

Das klang ja sehr mysteriös. *Okay, mach ich.*

Sie tauschten sich noch über Marens Mutter und danach über ein paar belanglose Dinge aus, bevor Eva zurück in die Wohnung ging. Mit ihrem Laptop setzte sie sich an den Esstisch und versuchte, an ihrem aktuellen Projekt weiterzuarbeiten. Stattdessen starrte sie durch die dünnen Vorhänge unentwegt Markus an und dachte darüber nach, was seiner Frau zugestoßen sein könnte.

Kapitel 6

Badevergnügen

Markus konzentrierte sich auf seine Arbeit, was ihm allerdings schwerfiel, wenn sich Eva in der Nähe befand. Viel lieber wollte er etwas mit ihr unternehmen, wie zum Beispiel zum Baden gehen oder die Insel erkunden. Doch er musste das hier erst abschließen, denn er mochte keine unerledigten Dinge vor sich herschieben. Zum Glück brauchte er nicht mehr lange. Maren hatte die Bücher hervorragend geführt, weshalb er nicht allzu viel zu tun hatte. Vermutlich könnte sie die Steuererklärung sogar selbst machen, aber er tat ihr gerne den Gefallen. Das lockte ihn wenigstens jedes Jahr auf diese wundervolle Insel.

Vor dem Mittagessen, als das Thema auf seine Frau gekommen war, hatte es ihn schockiert, mit seiner Vergangenheit konfrontiert zu werden. Dabei hatte Eva lediglich eine unschuldige Frage gestellt. Seit Katjas Beerdigung hatte ihn kaum noch jemand auf sie angesprochen, weil sie alle wussten, wie sehr ihn ihr qualvolles Ende belastete. Seine Freunde und Angestellten wollten ihn schonen. Vielleicht war es nicht verkehrt, endlich einen Abschluss zu finden. Irgendwann musste er wirklich nach vorne blicken.

Nachdem der erste Schock verdaut gewesen war, hatte es ihm gefallen, sich unbeschwert mit Eva zu unterhalten.

Er wollte auf jeden Fall noch mehr solcher Gespräche führen und sie besser kennenlernen.

Am Nachmittag klappte er den Laptop zu und räumte die Unterlagen zurück ins Büro.

Eva blickte im Wohnraum von ihrem Computer auf. »Bist du fertig?«

»So gut wie. Muss nur noch ein paar Tabellen ausfüllen, dann kann ich alles ausdrucken. Ich brauche jetzt dringend eine Abkühlung. Es ist ganz schön heiß auf dem Balkon.« Er legte seinen Laptop neben ihren auf den Tisch und fasste sich ein Herz, um sie zu fragen: »Kommst du mit runter zum Strand?«

»Sehr gern.« Als sie ihn angrinste, vollführte sein Herz einen Salto. Evas Lächeln war ehrlich und einnehmend. Ob sie wusste, was für eine schöne Frau sie war?

Vereinzelte graue Strähnen zeigten sich in ihrem Haar, und ihre Lachfältchen machten sie nur noch interessanter.

Er räusperte sich leise. »Klasse, dann treffen wir uns in einer halben Stunde auf der Terrasse?«

»Ja, bis dann. Ich freue mich schon aufs Wasser.«

Verdammt war das kalt!

Während Eva bis zu den Oberschenkeln im Meer stand und die Zehen in den sandigen Boden krallte, lief Markus todesmutig an ihr vorbei und stürzte sich kopfüber ins erfrischende Nass.

»Du Angeber!«, rief sie lachend, als er prustend auftauchte und Wasser auf sie spritzte.

Sofort schnappte sie nach Luft und drehte ihm kurz den Rücken zu. »Unterstehe dich!«

Zum Glück trug sie ihren weinroten Badeanzug. Der hatte am Bauch einen etwas festeren Stoff – um die Problempölsterchen zu kaschieren – und schützte dort ihre empfindliche Haut ein wenig vor der Kälte. Es kostete sie jedes Mal Überwindung, diese kleine Hürde zu nehmen. Sie war eben eine Warmduscherin.

Während Markus in seinen Badeshorts eine ausgezeichnete Figur machte, zog sie den Bauch ein. Doch sofort schimpfte sie sich für diese Albernheit. Sie war nun wirklich kein Teenager mehr und musste keinem Mann gefallen. Falls sie noch mal einen Partner fand, müsste der sie ohnehin so nehmen, wie sie war, mit all ihren Ecken und Kanten … oder eher Pölsterchen und Falten. Sie erwartete sich nichts von Markus – außer eine schöne Zeit.

Tatsächlich genoss sie jede Sekunde mit ihm. Er war herrlich unkompliziert, ein guter Zuhörer und perfekter Urlaubsbegleiter. Seine Anwesenheit fand sie sehr angenehm. Es tat ihr gut, wenn es nicht zu ruhig um sie herum war und sie etwas mehr Ablenkung hatte, als die Pflanzen zu gießen und Pino zu versorgen. Außerdem fühlte sie sich mit ihm vor allem nachts sicherer. Die Pension lag doch etwas abseits der anderen Touristengebiete. Wäre sie an Marens Stelle, würde sie sich wohl einen Hund zulegen.

Markus ließ sich in ihrer Nähe auf dem Rücken treiben, wobei er die Augen geschlossen hielt und die sanften Wellen ihn auf und ab schaukelten. Tropfen funkelten in seinen dichten Wimpern und liefen über seine einen Tick zu große Nase. Am liebsten wollte sie ihn dort beißen, nur um ihn zu ärgern.

Eva überwand sich endlich, tauchte schnell bis zu den Schultern ein und schwamm sofort los, damit ihr nicht noch kälter wurde. Wenn sie einmal im Wasser war, genoss sie die Leichtigkeit, kraulte ein paar Runden und ließ sich anschließend selbst auf dem Rücken treiben. Die wärmenden Sonnenstrahlen prickelten auf ihrer Haut, und sie fühlte sich seit langer Zeit rundum wohl.

Plötzlich schlang Markus einen Arm um sie und zog sie an seinen Körper. Sie hatte nicht bemerkt, wie er sich angeschlichen hatte!

»Nicht tauchen!«, rief sie und klammerte sich an seinen Schultern fest – denn es gab nichts, was sie mehr hasste. Während ihrer Kindheit hatte sie diesbezüglich eine unschöne Erfahrung gemacht und geglaubt, zu ertrinken, als ein Klassenkamerad sie im Freibad unter Wasser gedrückt hatte.

Er starrte sie einfach nur an, wobei feine Rinnsale über sein männliches Gesicht liefen. Eva konnte auch nichts sagen; zeitgleich wurde ihr die Wärme, die sein Körper ausstrahlte, überdeutlich bewusst. Die Nähe zu ihm schockierte sie zuerst, denn sie fühlte sich viel zu gut an, wenn auch ungewohnt. Seit über zwanzig Jahren war sie keinem anderen Mann mehr als Jens nahegekommen. Doch gerade, als sie das neue Gefühl genießen wollte, ließ er sie abrupt los, als hätte er sich an ihr verbrannt, und spritzte ihr Wasser ins Gesicht.

»Ist das erlaubt?«, fragte er frech.

Lachend drehte sie ihm den Rücken zu und versuchte, so schnell wie möglich ans Ufer zu kommen. »So verhält sich kein Gentleman!«

»Wer sagt denn, dass ich einer bin?« Er spritzte weiterhin Wasser auf sie, während er sie verfolgte, bis sie beide schwer atmend mehr ans Ufer krochen als gingen.

Eva schlang sich ihr Handtuch um die Hüften und setzte sich in den warmen Sand. »Ich bin zu alt für solche Kindereien.«

Grinsend streckte sich Markus neben ihr auf seinem Handtuch aus, ohne sich abzutrocknen, und verschränkte die Hände hinter dem Kopf. »Sorry, ich fühle mich hier mindestens zehn Jahre jünger.«

Sie schmunzelte. »Du brauchst dich nicht zu rechtfertigen. Ich habe mal gelesen, dass bei Männern erst mit fünfundfünfzig die Pubertät vorüber ist.«

»Gott sei Dank! Dann kann ich ja noch zwanzig Jahre lang Unsinn machen.«

»Du alter Angeber.«

»Hey, das *alt* nimmst du zurück!«, sagte er übertrieben beleidigt, während seine Augen vergnügt funkelten.

»Ich weiß ohnehin nicht, wie alt du bist.«

»Immer so alt, wie ich mich gerade fühle.« Er grinste wie ein Pirat, wobei er mit dem leichten Bartschatten auch wie einer aussah. »Und du?«

»Darüber schweigt eine Lady natürlich«, antwortete sie gespielt überheblich.

»Für sechzig hast du dich echt gut gehalten.«

Sie schnaubte schmunzelnd. »Du bist so böse.«

»Böse ist mein zweiter Vorname.«

»Das nehme ich dir schon eher ab.« Eva genoss es, mit ihm herumzualbern. Hier war ohnehin niemand, den sie störten ... oder der sie störte. Sie befanden sich ganz allein am Strand – mit Ausnahme von Marens Kater. Pino fetzte im Sand hin und her und schien mal wieder einem Insekt hinterherzujagen.

»Nee, im Ernst«, sagte Markus und machte diesmal wirklich einen ernsten Eindruck. »Du siehst gut aus.«

»Danke, du auch.« Plötzlich brannte ihr die Sonne so heiß ins Gesicht, dass sie sich ihren Strohhut aufsetzen musste, der neben ihr im Sand lag. Außerdem wummerte ihr verräterisches Herz wieder wie verrückt. Schon ewig hatte sie kein Kompliment mehr von einem Mann bekommen, und Markus' Worte legten sich wie Balsam über ihre verletzte Seele.

Er sagte nichts – aber sie hatte sein Grinsen sehr wohl gesehen – und wandte das Gesicht ab, um Pino hinterher zu starren, der wohl beschlossen hatte, dass es am Strand nichts Interessantes mehr zu entdecken gab und die in den Fels geschlagenen Stufen nach oben sprang.

Bevor zwischen ihnen längeres und vor allem peinliches Schweigen aufkommen konnte, fragte sie: »Kennst du die Legende, wie Sardinien entstanden sein soll?«

Er drehte ihr das Gesicht zu und blinzelte, weil die Sonne ihn blendete. »Nein, aber jetzt bin ich neugierig.«

»Nachdem Gott die Erde erschaffen hat, waren noch einige Steine und Felsen übrig. Die ließ er einfach ins Meer fallen und hat sie festgetreten. Deshalb hat Sardinien die Form eines Fußabdrucks.«

»Mit viel Fantasie«, sagte er frech.

Schmunzelnd stupste sie ihn mit dem Ellenbogen in den Oberschenkel, den er aufgestellt hatte. »Jetzt verdirb die Geschichte nicht.«

»Sie geht noch weiter?«, fragte er todernst.

»Klar. Gott suchte sich die schönsten Dinge von allen Kontinenten zusammen und hat sie auf der ganzen Insel verteilt. Deshalb ist Sardinien so vielfältig.«

Er setzte sich auf und blickte sich um. »Hier im Norden finde ich Sardinen sehr steinig, aber naturgewaltig. Die Inselmitte würde ich eher als verwunschen oder verschlafen bezeichnen und den Süden karibisch und pastellfarben.«

»Sie sind ja ein richtiger Philosoph, Herr Winterfeld.«

Er kratzte sich am Nacken und blickte Eva stirnrunzelnd an. »Ich hätte große Lust, die Insel mal so richtig zu erkunden.«

»Dann lass uns das doch machen!«, erwiderte sie begeistert. »Ich darf Marens Auto benutzen.«

Seine Mundwinkel hoben sich zu einem sexy Lächeln. »Deal!«

Nun sprang Eva das Herz fast aus der Brust. Gemeinsame Ausflüge bedeuteten noch mehr Nähe zu Markus. Worauf ließ sie sich da nur ein?

Egal, ich werde jede Sekunde davon genießen, dachte sie und freute sich riesig auf ihr kleines Abenteuer.

Kapitel 7

Ein wunderschöner Abend

Nachdem sie beide am Nachmittag ein bisschen gedöst hatten – natürlich jeder in seiner Unterkunft – beschlossen sie, gemeinsam zum Abendessen in den nächsten Ort zu fahren und sich gegen sechs an der Haustür zu treffen.

Eva überlegte natürlich fieberhaft, was sie anziehen sollte, und probierte drei Kleider und vier Hosen an. Sie wollte sich für einen Mann nie mehr verbiegen und trat sich mental in den Hintern, weil sie schon wieder damit anfing. Kurzerhand entschied sie sich für ein legeres Shirt und einen simplen schwarzen Rock. Ihre Haare steckte sie zu einem einfachen Dutt nach oben, weil sie diese Frisur bei den Temperaturen praktisch fand, und legte nur einen dezenten Lippenstift auf. Sie hatte heute am Strand ohnehin Farbe bekommen, und der natürliche Ton stand ihr viel besser als jede Tönungscreme.

Sie schnappte sich ihre Mini-Handtasche, sperrte die Wohnung ab und eilte um kurz vor sechs hinunter. Markus lehnte bereits lässig an der Rezeption und sah in dem hellblauen Hemd und den Jeans zum Anbeißen aus. Auch er hatte ein wenig Farbe bekommen, sodass seine Zähne regelrecht leuchteten, als er sie angrinste. »Meinetwegen musst du dich nicht so beeilen.«

»Entschuldige«, säuselte sie fröhlich, »aber ich muss mich zuerst um einen anderen Mann kümmern.«

Markus folgte ihr in die Küche und sah ihr zu, wie sie eine Schüssel mit Dosenfutter füllte und eine zweite mit Wasser. Damit ging sie in den Innenhof, wo Pino bereits kläglich maunzend hockte und seinen schrillen Tönen nach tausend Tode starb.

»Du armer, armer Kater«, sagte Eva und schaute kopfschüttelnd zu, wie sich Pino über das Futter hermachte, als hätte er tagelang nichts gefressen.

In Staubsaugergeschwindigkeit inhalierte er die ganze Portion und holte sich danach von Markus Streicheleinheiten ab. »Für einen ehemaligen Streuner bist du ganz schön verwöhnt«, tadelte er das Tier liebevoll.

»Wer kann diesem armen Blick schon widerstehen?«

Als Markus gespielt traurig zu ihr aufblickte, schlug sie ihm leicht auf die Schulter. »Soll ich dir auch eine Schüssel bringen?«

»Ich habe solch einen großen Appetit, so viel Futter hast du gar nicht hier.«

»Da kennst du Maren aber schlecht. Pino ist für die nächsten Jahre versorgt.«

Maren hatte den Kater vor drei Jahren aufgenommen, nachdem sie ihn bereits eine Weile durchgefüttert hatte. Oder Pino hatte eher Maren adoptiert, schließlich wusste jeder, dass Katzen die eigentlichen Herrscher über die Menschheit waren. Auf diese Weise war er zum »Pensionskater« aufgestiegen, denn die meisten Gäste liebten den süßen Schmuser. Sein Körbchen stand in der Waschküche, damit er durch die Katzenklappe ein- und ausgehen konnte, wann er wollte. Es steckte immer noch eine Menge von dem ehemaligen Streuner in ihm.

Eva ging in die Knie, um Pino ebenfalls zu kraulen. »Jetzt, nachdem Jens weg ist, überlege ich, mir auch wieder eine Katze anzuschaffen.«

»Wenn ich nicht den ganzen Tag in der Kanzlei verbringen würde, hätte ich vielleicht auch ein Haustier.«

»Bist du dein eigener Chef?«, wollte sie wissen und wurde sich bewusst, wie nah sie sich waren. Hin und wieder streiften sich ihre Hände, während Pino genüsslich schnurrte und sich auf den Rücken legte, um alle viere von sich zu strecken.

»Ja, ich habe noch drei Angestellte«, erklärte er ihr.

»Cool.«

Sanft lächelte er sie an. »Du bist ja auch so etwas wie deine eigene Chefin.«

Sie grinste. »Die schlimmste von allen. Mit jedem neuen Projekt werde ich noch pingeliger.«

»Du musst mir mal ein paar deiner Arbeiten zeigen.«

»Gerne.« Sie freute sich, dass er sich für sie interessierte. Jens war es egal gewesen, an welchem Konzept sie arbeitete. Immer, wenn sie ihn nach seiner Meinung gefragt hatte, war nur ein Achselzucken sowie ein »Passt schon« gekommen.

Als Pino seines Weges zog, gingen sie zum Wagen, der vor der Tür parkte. Die Sonne stand bereits tief, wärmte aber immer noch ordentlich.

Eva setzte sich ans Steuer des Smart und sagte Markus

die Adresse des Restaurants, damit er diese in die Navigations-App seines Smartphones eingeben konnte und sie lotste. »Ich bin miserabel darin, mir irgendwelche Wege zu merken.«

»Ohne das Ding wäre ich manchmal auch aufgeschmissen«, erklärte er ihr, und sie fuhren los.

»Die Straßen hier sind ebenfalls nicht ohne.« Eva war froh über Marens schnuckligen Wagen. Parkplätze waren rar auf Sardinien, da brachte ein kleines Auto nur Vorteile. Schnell fahren konnte man wegen der Serpentinen ohnehin kaum, außerdem waren viele Straßen nicht mehr die besten, überall gab es Schlaglöcher. Zum Glück kamen ihnen nicht allzu viele Autos entgegen.

»Ich finde den Norden atemberaubend.« Eva blieb hochkonzentriert, während sie den Smart durch die felsige Landschaft steuerte. In München fuhr sie nur selten mit dem Wagen, beziehungsweise war es der Wagen von Jens gewesen. Sie besaß gar kein eigenes Auto.

»Du musst da vorne an der Kreuzung rechts abbiegen«, erklärte ihr Markus, bevor er hinzusetzte: »Wir sollten unbedingt die ganzen versteckten Buchten und Traumstrände besuchen, fernab der Luxushotels.«

»Dann lass uns morgen an der Küstenstraße entlangfahren. Die Aussicht von dort ist fantastisch und das Meer smaragdgrün. Von daher kommt auch der Name *Costa Smeralda*. Ein Traumstrand reiht sich an den nächsten. Maren hat mir bei meinem letzten Aufenthalt ein paar weniger überfüllte Geheimtipps gezeigt.«

Eva spürte, wie Markus ihr einen intensiven Blick zuwarf

und raunte: »Wirklich verlockend.«

Meinte er sie oder die Küste?

Seine Zweideutigkeiten waren ihr schon öfter aufgefallen. Wahrscheinlich bildete sie sich diese nur ein. Sie war es einfach nicht mehr gewohnt, etwas mit einem anderen Mann als Jens zu unternehmen. Allein Markus' Anwesenheit brachte sie durcheinander. Der ganze Wagen duftete nach seinem Aftershave oder Parfüm oder was auch immer er benutzte. Sie liebte seinen Geruch!

»Mich reizen auch die alten Städtchen«, sagte sie, »in denen ich mir immer vorkomme, als würde ich eine Reise in die Vergangenheit machen.« In Kürze würden sie die Küstenstadt Porto Cervo erreichen, die allerdings erst seit den Sechzigerjahren existierte. Dort trafen Luxus und Tradition aufeinander, die charmanten Gassen luden zum Flanieren ein und am Jachthafen gab es immer etwas Interessantes zu sehen. Da befand sich auch das Restaurant.

»Im Gebirge soll man gut wandern können, aber das habe ich bisher nie geschafft.« Markus beugte sich zu ihr herüber und warf einen Blick aus ihrem Seitenfenster auf die felsige Erhöhung. »Meistens habe ich mir ein Fahrrad ausgeliehen, um die nähere Umgebung zu erkunden.«

»Bist du eher der sportliche Typ?«, fragte sie frei heraus. Sie konnte Sport nicht viel abgewinnen. Lieber machte sie lange Spaziergänge.

»Nicht wirklich. Eher der Gelegenheitssportler.«

»Ah, so wie einige Urlauber, die meinen, in ihren zwei freien Wochen Vollgas geben zu müssen, bis sie fast einen Herzinfarkt bekommen, um sich danach das ganze Jahr wieder auf die faule Haut legen zu können.«

Er grinste. »Jetzt bist du aber die Böse. Ich tue je nach Lust und Laune was für mich, gehe an den Wochenenden wandern oder an den Badesee oder mache Radtouren.«

Das wäre auch eher nach ihrem Geschmack.

Sie warf einen kurzen Blick auf ihn und führte sich vor Augen, was für ein gutes Bild er in seinen Badeshorts abgegeben hatte. »Du besuchst also nicht regelmäßig die Muckibude?«

Er schnaubte belustigt und wackelte frech mit den Brauen. »Da bekommt mich keiner rein. Aber ich fühle mich geehrt, dass du das von mir geglaubt hast.«

»Bilde dir bloß nichts darauf ein«, murmelte sie grinsend und konzentrierte sich wieder angestrengt auf die Strecke, bevor das Gespräch noch peinlicher wurde.

Sie fuhren zwischen den privaten Nobelvillen der Reichen und Schönen hindurch, die alle mit imposanten Gärten und Pools ausgestattet waren. Danach folgten Hotels der gehobeneren Kategorie. Sardinien war schließlich eines der beliebtesten Feriendomizile der High Society. Im Juli und August war die Costa Smeralda der Hotspot für Milliardäre. Jetzt im Mai konnte man aber auch schon mal dem einen oder anderen Promi über den Weg laufen. Die edlen Boutiquen, Designer- und Juwelierläden zogen in den Sommermonaten nicht nur allerlei Stars an, sondern auch viele Touristen.

Sie hatten das unverschämte Glück, am Hafen einen Parkplatz zu bekommen – natürlich gegen Gebühr. Markus staunte nicht schlecht, als sie fast direkt vor einer gigantischen Luxusjacht hielten, die garantiert einem Millionär gehörte.

»Oh, wow!« Ihm fielen fast die Augen heraus, als er ausstieg. »Hier schwimmt wirklich jede Menge Kohle herum.«

»Wenn man immer am Meer entlangläuft, kommt man zur Marina«, erklärte sie ihm. »Dort liegen die etwas kleineren Jachten.«

Zerknirscht sah er zu ihr. »Kann ich mir auch nicht leisten, befürchte ich.«

Ich würde dich auch nehmen, wenn du dir nur ein Fahrrad leisten könntest, dachte sie und sagte schmunzelnd: »Aber nur gucken und dabei zu träumen macht doch auch irgendwie Spaß, oder?«

Erneut schenkte er ihr einen seiner Blicke, bei dem ihr heiß bis in die Zehenspitzen wurde, und sagte rau: »Da hast du recht.«

Oh, dieser Mann! Markus trieb sie bald in den Wahnsinn mit seinen Doppeldeutigkeiten.

»Zum Restaurant geht es da lang«, sagte sie und zeigte hinter sich auf das orangefarbene Gebäude mit der weiß gestrichenen, erhöhten Terrasse.

Sie gingen hinüber und bekamen vom Kellner einen wunderbaren Platz direkt am Geländer zugewiesen, von dem aus sie einen fantastischen Überblick hatten.

Markus öffnete die Karte, blätterte ein paar Seiten um und lugte dann über den Rand. »Da du so lieb warst und mich in die Pension gelassen hast, lade ich dich ein.«

»Das ist wirklich nicht nötig. Ich bin schon ein großes Mädchen und kann selbst bezahlen.«

»Dann lass mich wenigstens dafür erkenntlich zeigen, dass du mich während der Arbeit nicht verhungern lässt.«

Sie grinste. »Na gut, wenn du unbedingt darauf bestehst, nehme ich die Einladung gerne an.« Als sie die Karte aufschlug, fiel ihr beinahe die Kinnlade herunter. Sie entdeckte kaum ein Hauptgericht unter dreißig Euro, und die Vorspeisen gingen bei zwanzig Euro los. »Oh mein Gott. Hier muss man wirklich einen gut gefüllten Geldbeutel haben, wenn man nicht verhungern will.«

»Im Urlaub darf man sich auch mal was leisten.« Seine Mundwinkel hoben sich zu einem sexy Lächeln. »Such dir bitte aus, worauf du Lust hast.«

Am liebsten wollte sie ihm sagen, auf *wen* sie Lust hatte, aber diesen Kommentar verkniff sie sich natürlich. Dann wäre der schöne Abend sicher gleich vorbei. Sie wusste immer noch nicht, ob Markus bloß so zuvorkommend und freundlich war, weil sie beide gut mit Maren befreundet waren.

Sie bestellten zwei landestypische Gerichte, sardischen Rotwein und Wasser. Während sie auf die Getränke warteten, fragte Markus: »Kannst du mir noch was über Porto Cervo erzählen?«

»Da ich mit Maren schon mal hier war, fällt mir natürlich auf, wenn der Ort in der Klatschpresse erwähnt wird. Hier sollen sich angeblich die Mitglieder verschiedenster Königshäuser erholen, aber auch Models, Sportler und Stars und Sternchen aus Film und Fernsehen.«

»Hier ist also der internationale Jetset vertreten«, sagte er und blickte sich um. Bisher war ihnen noch kein Promi über den Weg gelaufen.

»Maren sagt, wenn man eine Berühmtheit treffen möchte, dann am besten auf der Piazetta oder in der Einkaufsstraße. Im Winter herrscht hier jedoch gähnende Leere.«

»Hat bestimmt auch was.«

»Hm«, machte sie. »Ich bin oft ganz froh, wenn nicht so viele Leute um mich herum sind.«

»Ich auch«, erklärte er ihr.

Die Sonne stand mittlerweile sehr tief, weshalb die orangefarbenen Fassaden der Gebäude regelrecht leuchteten. Von ihrer Position aus konnten sie zwar leider die Sonne nicht im Meer versinken sehen, aber der Himmel glühte in spektakulären Rot- und Orangetönen.

Eva genoss jede Sekunde mit Markus. Sie nippte an ihrem Rotwein – sie trank nur ein Glas, weil sie noch fahren musste – und ließ sich ihr köstliches Gericht auf der Zunge zergehen: sardische Pasta mit Muscheln.

»Das ist das Geld auf jeden Fall wert«, meinte Markus, spießte ein paar seiner muschelförmigen, sardischen Gnocchi auf – er hatte sich für »Malloreddos« entschieden – und kaute herzhaft. Dabei schloss er die Augen und stöhnte leise vor Genuss.

Eva fiel beinahe die Gabel in den Teller. Bei ihm war es fast egal, was er machte. An ihm fand sie alles erotisch.

Solidarisch trank er während des weiteren Verlaufes des Abends mit ihr Wasser, und als die Sterne über der Bucht glitzerten und der Kellner Fackeln auf der Terrasse entzündete, gönnten sie sich noch zwei alkoholfreie Cocktails und einen großen Eisbecher für zwei. Das Leben konnte für Eva nicht schöner sein.

Als sie das Restaurant verließen, bummelten sie eine Stunde durch die hübschen Gässchen, wobei sich Eva bei Markus unterhakte, bevor sie zurück zur Pension fuhren.

Gentlemanlike brachte er sie bis vor die Wohnungstür und wünschte ihr eine »Gute Nacht«.

»Dir auch«, antwortete sie mit wild klopfendem Herzen und erwartete nach diesem wundervollen Abend, von ihm geküsst zu werden. Irgendwie hatte sie das Gefühl, dass sie sich nahegekommen waren. Er schien auf ihren Mund zu starren und leckte sich kurz über die Unterlippe.

Eva zersprang beinahe vor Aufregung.

Ihr Wunschtraum zerstob jedoch, als er »Schlaf gut« raunte und sich abrupt von ihr abwandte.

Ein wenig enttäuscht blickte sie ihm hinterher, bevor sie die Wohnung betrat. Im Dunkeln schloss sie ab und lehnte sich atemlos gegen die Tür.

Ihr Puls raste. Hatte sie wirklich gehofft, er würde sie küssen? Das eine Glas Rotwein und der wunderschöne Abend waren ihr ja ordentlich zu Kopf gestiegen!

Sie brauchte kein Licht zu machen, um ihre Sachen abzulegen, da plötzlich ein schwacher Lichtschein in den Flur fiel. Wo kam der her?

Sie betrat den Wohnraum und erkannte im Halbdunkel Markus' Laptop, der neben ihrem auf dem Tisch lag. Der war jedoch zugeklappt. Da nahm sie vom Balkon gegenüber eine Bewegung wahr. Von dort kam auch das Licht! Schlagartig wurde ihr bewusst, dass sie durch die dünnen Vorhänge direkt hinüber in Markus' Unterkunft blicken konnte. Wie erstarrt blieb sie stehen und sah zu, wie er vor der Balkontür auf und ab schritt und sich dabei das Hemd aufknöpfte.

Abrupt wandte sie sich ab. Erstens war sie keine Spannerin und zweitens wollte sie sich nicht noch mehr in ihn vergucken. Markus hatte es in kürzester Zeit geschafft, ihr den Kopf zu verdrehen. Gewiss würde sie heute Nacht davon träumen, wie sich seine Lippen auf ihrem Mund anfühlten.

Kapitel 8

Vergangenheitsbewältigung

Am nächsten Morgen stand Eva zeitig auf, um Markus nicht erneut als Vogelscheuche entgegenzutreten. Nachdem sie sich ein hellblaues Kleid angezogen und dezent geschminkt hatte, ging sie nach unten, um nach dem Rechten zu sehen, Pino zu füttern und die Pflanzen zu gießen. Dabei ließ sie die Tür von Marens Wohnung angelehnt, falls Markus ins Büro musste. Er hatte gemeint, er müsse noch etwas ausdrucken und für einen anderen Klienten eine Winzigkeit erledigen.

Das große Thermometer am Ausgang zur Terrasse zeigte bereits zwanzig Grad an, als sie mit ihren Erledigungen fertig war. Heute würde es bestimmt heiß werden, denn keine Wolke zierte den blauen Himmel. Eva stellte sich ans Geländer und inhalierte die salzige Brise, die vom Meer herwehte und den dünnen Stoff des Kleides an ihre Beine drückte. Leichter Dunst lag am Horizont über dem Wasser, ein einsames Fischerboot schipperte vorbei und die gelbe Morgensonne ließ die sanften Wellen golden glitzern.

Möwen kreisten über dem Strand und stürzten sich hinab zum Ufer, um einen kleinen Fisch, Krebs oder ein Insekt aufzupicken. Eva grinste, weil sie Pino da unten entdeckte. Er versuchte eisern, eine Möwe zu erwischen, aber die hüpften oder flogen immer im letzten Moment vor ihm davon und schienen ihn auszulachen.

Das Meeresrauschen beruhigte ein wenig Evas Nerven, und die Bilderbuchaussicht erdete sie etwas. Sie war schrecklich aufgeregt, aber sie freute sich auch riesig, den Tag mit Markus zu verbringen und einen Teil der Insel zu erkunden, den sie noch nicht kannte. Doch zuerst mussten sie beide noch ein bisschen arbeiten.

»Hey, Pino, Frühstück ist fertig!«, rief sie zum Strand hinunter, aber der Kater zeigte sich unbeeindruckt. Sein Jagdinstinkt schien stärker zu sein als sein Hunger, denn er verfolgte unablässig die Vögel und Krabben.

Als Eva in die Wohnung zurückkehrte, stand Markus am Herd, und was er zubereitete, duftete köstlich.

»Guten Morgen, das riecht aber lecker«, begrüßte sie ihn. In der Pfanne brutzelten Speck, Eier und Bohnen. »Ich dachte, du hast es nicht so mit dem Kochen?«

»Frühstück zähle ich nicht dazu.« Er grinste verschmitzt. »Ist schließlich die wichtigste Mahlzeit des Tages.«

Himmeldonnerwetter, er sah einfach immer noch einen Tick attraktiver aus, wenn er lächelte. Der Kerl verdrehte ihr langsam völlig den Kopf. Außerdem trug er heute zu seinen Sommershorts ein T-Shirt, das etwas enger an seinem Körper anlag. Wäre sie jetzt eine Katze, würde sie sagen: Miau!

Was hatte sie denn für verrückte Gedanken?

Schmunzelnd setzte sich Eva an den Tisch und ließ sich von ihm bewirten. »Das kannst du echt gut.« Er wurde ihr immer sympathischer. Nicht nur, weil er sich hervorragend selbst um sich kümmern konnte und sie gerade bediente, sondern weil er in fast allen Belangen ganz anders war als Jens. Eva musste zugeben, dass ihr Letzteres am besten an Markus gefiel.

»Ich musste mich in den letzten Jahren immer selbst versorgen«, erklärte er ihr. »Aber auch als Katja noch gelebt hat, hab ich öfter für uns …« Er biss sich auf die Unterlippe und wirkte überrascht, dass er das Thema angesprochen hatte.

»Schon okay, du musst es mir nicht erklären«, sagte sie schnell, obwohl sie vor Neugier beinahe tot umfiel. Vielleicht öffnete er sich ihr mit der Zeit und erzählte ihr, was seiner Frau zugestoßen war. Eva wollte ihn zu nichts drängen.

Als er sich zu ihr an den Tisch setzte, fuhr er sich durchs Haar und wirkte ein wenig nervös. »Entschuldige, dass ich gestern so schnell das Thema gewechselt habe, aber … meine Frau ist an Brustkrebs gestorben und wir hatten zum Schluss eine echt beschissene Zeit.«

Seine Offenheit traf sie im ersten Moment wie ein Schock. Sofort erinnerte sie sich an die erste Begegnung mit ihm vor der Haustür, als er mit Maren gesprochen und wie bedrückt er dabei gewirkt hatte, als sie ihre Mutter erwähnt hatte … Nun wurde ihr einiges klar.

»Das tut mir sehr leid.« Eva streckte den Arm aus, um kurz ihre Hand auf seine zu legen. »Mit der Therapie von Marens Mama sind wohl einige Erinnerungen wieder hochgekommen.«

»Auch«, gestand er ihr. »Aber ich habe immer noch nicht

ganz damit abgeschlossen, obwohl es jetzt schon fünf Jahre her ist.«

Der Kaffee war fertig, und Eva holte die Kanne aus der Maschine, um erst Markus, dann sich einzuschenken. »Nun weiß ich auch, warum du Maren nicht böse warst, weil sie dich total vergessen hat.«

Er lächelte sanft. »Wie könnte ich auch. Maren hat mich wahrscheinlich davor bewahrt, in ein ziemlich tiefes Loch zu fallen.«

»Wie das?«

Nachdem sie sich wieder an den Tisch gesetzt hatte, sagte er, ohne sie anzusehen: »Die Beerdigung war erst ein paar Wochen her, da ist Jannik nach Schottland gezogen, um dort Biochemie zu studieren.«

»Ist das dein Sohn?«, fragte sie ihn. Sie wusste nicht, ob er Kinder hatte.

Er nickte und deutete schmunzelnd auf ihren Teller. »Vergiss nicht zu essen, bevor es kalt wird.«

Sie hatte nicht unhöflich sein wollen, während er erzählte, aber er hatte recht. Es wäre schließlich eine Sünde, das leckere Essen kalt werden zu lassen. Sie schob sich schnell eine Gabel davon in den Mund und ließ sich seine Kreation auf der Zunge zergehen. Sie schmeckte köstlich!

Markus zog sich seine Tasse heran und starrte stirnrunzelnd hinein. »Nachdem Jannik ins Ausland gegangen ist, war es für mich doppelt schwer, nach der Arbeit allein zu Hause zu sitzen, anstatt zu dritt zu sein. Mir ist die Decke auf den Kopf gefallen. Außerdem hat mich alles sowohl an die schönen Jahre als auch an die schrecklichen letzten Monate von Katjas Chemotherapie erinnert. Der Krebs wurde viel zu spät entdeckt, da hatte er schon gestreut, doch Katja hat so unglaublich stark gekämpft …« Er räusperte sich, seufzte schwerfällig und nippte an seinem Kaffee, während Eva mucksmäuschenstill blieb, weil sie seinen Redefluss nicht unterbrechen wollte. Sie spürte regelrecht, dass er ihr alles erzählen wollte – weil es seine Seele ein wenig erleichterte.

Sie konnte sich sehr gut vorstellen, wie allein gelassen er sich gefühlt haben musste. Am liebsten wollte sie ihn fest drücken und nie wieder loslassen.

»Natürlich wollte ich Jannik nicht verbieten, nach Schottland zu gehen. Ich bin sehr stolz auf ihn, dass er ein Ziel im Leben hat und sein Ding durchzieht und dass er vor allem stärker ist als ich.«

Ihr Herz schmolz und zerbrach zur selben Zeit. Die Traurigkeit in seiner Stimme zu hören, tat ihr unglaublich weh.

Plötzlich straffte er sich und begann ebenfalls, zu essen. »Da Jannik ohnehin nur noch zwei oder drei Mal im Jahr nach Hause kommt, habe ich mir eine kleinere Wohnung gesucht, in der Hoffnung, durch den Tapetenwechsel leichter über Katjas Tod hinwegzukommen. Maren hat ständig mit mir gechattet und wusste zumindest halbwegs, wie es in mir aussah. Wir kennen uns schon seit dem Studium und haben nie den Kontakt abgebrochen. Zum Glück. Schließlich hat sie mich gefragt, ob ich zu ihr fliegen könnte, weil sie dringend jemanden braucht, der ihr bei der Steuererklärung hilft.« Er blickte von seinem Teller auf und lächelte

Eva an. »Denn nun komme ich jedes Jahr hierher, arbeite ein bisschen und darf im Gegenzug kostenlos Urlaub machen. Ich genieße diese kleine Auszeit immer in vollen Zügen.«

»Das kann ich sehr gut nachvollziehen«, erklärte sie ihm. »Im Grunde hat Maren dasselbe mit mir gemacht, nur dass ich auf ihre Pension aufpasse. Ich muss gestehen, ich liebe es hier.« Vielleicht auch deshalb, weil er hier war.

»Du hast keine Kinder, oder?«, fragte er.

Sie schüttelte den Kopf, nahm einen weiteren Bissen und schluckte erst, bevor sie antwortete: »Jens und ich haben es lange versucht, aber es sollte nicht sein. Er hat mir immer erzählt, er wäre auch ohne Kinder glücklich. Nun bekommt er mit einer sehr viel jüngeren Frau ein Baby …« Wie sehr durfte sie ins Detail gehen?

Die Antwort war einfach: Da Markus bestimmt nichts von ihr wollte, was über Freundschaft hinausreichte, weil er noch sehr an seiner Frau zu hängen schien, konnte sie sich ruhig bei ihm ausheulen. Das würde sie niemals bei einem Mann machen, bei dem sie sich mehr als Freundschaft erhoffte. Schließlich wollte kein Zukünftiger den Kummerkasten für den Verflossenen spielen. Deshalb redete sie sich alles von der Seele und merkte, wie gut das auch ihr tat.

Während des gesamten Essens sprachen sie über ihr Leben und erfuhren jede Menge voneinander. Markus besuchte seinen Sohn so oft er konnte in Schottland, außerdem telefonierten oder skypten sie mindestens ein Mal in der Woche. Auch dass er mit seiner Frau ein halbes Leben lang zusammen gewesen war, erwähnte er.

»Du gehörst wohl zur treuen Sorte«, bemerkte Eva.

Er zuckte mit den Schultern. »Ich denke schon. Zumindest gab es für mich immer nur Katja.«

»Ich bin eher Team Treudoof«, gestand sie ihm und nippte an ihrem Kaffee. Sogar der schmeckte lecker. Jens hatte ihn immer viel zu dünn gemacht. »Leider habe ich zu spät bemerkt, dass Jens mich betrügt. Ich bin ja nicht mal stutzig geworden, als er nach einem fremden Parfüm gerochen hat. Ich habe ihm absolut vertraut. Er ist auch erst ausgezogen, nachdem seine Neue ihm gestanden hat, schwanger zu sein. Da war er mit ihr aber schon eine ganze Weile heimlich zusammen. Sie war wohl eine Kundin der Bank, für die er arbeitet. Später hat mir einer seiner Kumpel verraten, dass er mit dieser Lisa Extratermine ausgemacht hat, um mit ihr in seinem Büro herumzufummeln. Es haben quasi alle vor mir gewusst, dass er mich betrügt.«

»Was für ein Arsch«, murmelte Markus.

»Das kannst du laut sagen.«

»Was für ein Arsch!«, rief er, woraufhin Eva vor Lachen fast ihren Kaffee ausspuckte.

Nach dem Essen räumten sie gemeinsam den Tisch ab, doch bevor es an die Planung für ihren ersten Ausflug ging, wollte Markus noch die Steuererklärung abschließen und zwei Kleinigkeiten für einen anderen Klienten erledigen. Dazu brauchte er nicht lange.

»Stört es dich, wenn ich mich mit meinem Laptop zu dir

an den Balkon setze?«, fragte sie. Irgendwie wollte sie jetzt räumlich nicht von ihm getrennt sein.

»Gar nicht«, antwortete er. »Musst du noch viel machen?«

»Bin bald mit dem Auftrag fertig.«

»Meine Frau war in gewisser Weise auch eine Art von Designerin. Sie hat als Zahntechnikerin gearbeitet und Keramikbrücken, Goldinlays, Verblendungen und all so was gemacht.« Er zog die Lippe nach unten und deutete auf einen Eckzahn. »Der ist von ihr.«

Eva trat so dicht zu ihm, dass sie ihn fast küssen konnte, wich aber schnell wieder zurück. »Wow, der sieht klasse aus. Ist nicht von einem echten Zahn zu unterscheiden.«

Er seufzte. »Ja, sie war richtig gut in ihrem Job und wollte sogar ihren Meister machen. Sie hat es leider nicht mehr ganz geschafft ...«

Schnell fragte Eva, um ihn auf andere Gedanken zu bringen: »Was hast du denn mit deinem Eckzahn angestellt?«

»War 'ne Jugendsünde. Ich hab mal versucht, eine Flasche mit den Zähnen zu öffnen. Zack, war die Spitze abgebrochen und der Doc hat den Zahn damals nur notdürftig mit Kunststoff repariert.«

»Autsch.« Eva grinste. »Herr Steuerberater, Sie sehen gar nicht danach aus, als wären Sie früher ein wilder Kerl gewesen.«

Er lachte. »Ich hatte nur eine sehr kurze Sturm- und Drangzeit, die meinem Vater jedoch genug graue Haare beschert hat.«

»Nur deinem Vater?«, fragte sie frech.

Sein Lächeln flackerte und erlosch schließlich ganz. »Meine Mutter ist an einem Hirnschlag gestorben, da war ich erst zwölf. Mein Vater hat das nie überwunden und ist ihr nachgefolgt, kaum war ich mit dem Studium fertig. Als hätte er noch so lange durchgehalten, bis ich auf eigenen Beinen stehen konnte. Sein Herz hat einfach aufgehört zu schlagen.«

»Scheiße«, sagte sie leise. »Das tut mir unendlich leid. Du hast echt schon einiges durchgemacht.«

Tief holte er Luft. »Vielleicht habe ich deshalb so sehr an Katja gehangen. Ich kannte sie zu der Zeit schon und sie hat mir Halt gegeben.«

Eva war froh, dass Markus jemanden an seiner Seite gehabt hatte. »Hast du Geschwister?«, wollte sie wissen.

Er schüttelte den Kopf.

»Ich auch nicht.«

Er hatte also nur noch seinen Sohn und musste sich wirklich oft einsam fühlen, da Jannik so weit weg lebte. Sie konnte nachempfinden, wie es in ihm aussah. »Meine Mutter wohnt mit ihrem neuen Partner in Schweden, aber wir hatten nie ein enges Verhältnis. Mein Vater ist auch schon lange tot. Er starb an einem Herzinfarkt, und ich vermisse ihn immer noch schrecklich.«

»Wir haben einiges gemeinsam, hm«, sagte er, als sie ihre Laptops auf dem Balkontisch aufstellten und sich gegenübersetzten.

Aufmunternd lächelte sie ihn über ihren Monitor hinweg an. »Ich hoffe, wir sammeln hier beide ein paar sehr schöne Erinnerungen.«

»Ganz bestimmt. Gleich nach der Arbeit legen wir mit

dem Sammeln los.«

»Genau so machen wir das!« Eva vertiefte sich sofort in die Gestaltung ihres Taschendesigns, wobei ihr noch eine tolle Idee einfiel, die sie sofort umsetzte. Die Gespräche mit Markus hatten Druck von ihrer Seele genommen und sie fühlte sich so kreativ wie ewig nicht mehr. In Windeseile schloss sie ihr Projekt ab und war ausnahmsweise einmal sehr zufrieden mit sich. Keine Stunde später sagte sie: »Bin fertig.«

»Ich hab's auch geschafft.« Nachdem Markus seinen Laptop zugeklappt hatte und aufgestanden war, blickte er ihr über die Schulter. »Wow, nicht schlecht.«

Sie lächelte ihn schief an. »Ehrlich?« Es war ihr irgendwie peinlich, dass er ihre Kreation zu Gesicht bekam.

»Du hast wirklich großes Talent. Die Mohnblumen auf dem weißen Hintergrund sind ein richtiger Eyecatcher, dazu noch der schwarze Rand der Tasche … Also wäre ich kein alter Knacker, sondern eine junge Frau, würde ich meinen Laptop sofort da reinstecken wollen.«

Sie grinste bestimmt gerade wie ein Honigkuchenpferd. »Danke. Genau das soll die Zielgruppe werden.« Noch nie hatte ihr jemand, den sie mochte, ein Kompliment für ihre Arbeit gemacht. Markus war einfach zu gut, um wahr zu sein, ein Mann wie aus dem Bilderbuch. Bloß gehörte sein Herz immer noch einer anderen. Sehr, sehr schade.

Kapitel 9

Nur Freundschaft

Es war immer noch Vormittag, als Eva gemeinsam mit Markus überlegte, wohin sie zuerst fahren sollten. Sie stellte sich dicht neben ihn, als er auf seinem Smartphone die Karte von Sardinien öffnete und sagte: »Die Insel ist nicht einmal dreihundert Kilometer lang und nur hundertfünfzig Kilometer breit. Da schaffen wir in knapp drei Wochen einiges.«

Sie konnte nicht oft genug betonen, wie sehr sie sich darauf freute, mit ihm die Gegend zu erkunden. Schade, dass er nicht so lange hier bleiben konnte wie sie. »Ich glaube, heute wird es ziemlich heiß. Wir könnten an einen Strand fahren oder vielleicht ein Gebäude besichtigen, in dem es angenehm kühl ist.«

»Dann suchen wir uns etwas Schattiges. Hab gestern ein bisschen zu viel Sonne abbekommen«, erklärte er grinsend.

»Stimmt, du bist ganz rot im Nacken.« Mit dem Zeigefinger fuhr sie über die Stelle, als wäre es das Normalste der Welt, ihn einfach zu berühren. An seinem Haaransatz hatte er etwas mehr graue Härchen als auf seinem restlichen Kopf – von den sexy Schläfen abgesehen. Außerdem fühlte sich seine Haut am Nacken ganz weich an.

Hastig zog sie die Hand zurück. Markus wollte nichts von ihr und sollte auf keinen Fall glauben, dass sie ihn anbaggerte.

Falls ihm die Berührung unangenehm gewesen war, ließ er es sich nicht anmerken. Stattdessen öffnete er ungerührt auf seinem Smartphone eine neue Seite. Dann tippte er in die Suchmaschine: *Was muss man in Sardinien gesehen haben?*

Natürlich tauchten unzählige Vorschläge auf, und ein Ort sollte schöner sein als der andere. Vor allem die Strände sahen verlockend aus, doch die wollten sie sich für einen anderen Tag aufheben.

»Wie wäre es mit einem Besuch in der Neptungrotte?«, fragte er und hielt ihr sein Telefon vor die Nase.

»Bei der Grotta di Nettuno«, las sie vor, »handelt es sich um eine Stalaktitengrotte, die an der Küste vor Alghero zu finden ist. Bei der Namensgebung stand Neptun, der Gott des Meeres, Pate, denn der Eingang des Höhlensystems liegt direkt über dem Meeresspiegel.« Sie betrachtete kurz das Foto der Tropfsteinhöhle und blickte danach in Markus' Gesicht. Er stand so dicht bei ihr, dass sich ihre Schultern berührten und sie die Wärme spürte, die er ausstrahlte.

Sie räusperte sich, da seine Nähe ihr beinahe die Sprache raubte. »Das klingt super und vor allen Dingen nicht zu heiß.« Allein Markus' Anwesenheit reichte aus, um ihre Körpertemperatur zu erhöhen. Am Strand würde sie neben ihm wahrscheinlich zerfließen wie eine Kerze in der Sonne. Eine kühle Höhle eignete sich definitiv besser für gemeinsame Besuche.

Er tippte das Ziel in seine Navi-App und grinste schief. »Oh

Mann, wir brauchen fast zwei Stunden, bis wir dort sind.«

Lässig zuckte sie mit den Schultern. »Na, wir wollten doch ohnehin die Insel erforschen.« Vier Stunden mit ihm in einem kleinen Auto – was konnte ihr Besseres passieren? Eine günstigere Gelegenheit, sich mit ihm in Ruhe zu unterhalten, gab es kaum. Sie wollte so viel mehr über ihn erfahren. »Was liegt noch auf dem Weg?«, fragte sie.

»Einige winzige Ortschaften und Sassari.« Er tippte wieder etwas ein und sagte: »Das ist die zweitgrößte Stadt Sardiniens.«

»Prima! Dann könnten wir dort noch bummeln oder was essen, falls du Lust hast.«

Er grinste. »Okay, dann haben wir einen Plan. Treffen wir uns in einer Viertelstunde am Auto?«

»Ja, bis gleich.«

Er machte auf dem Absatz kehrt und marschierte davon.

Eva wartete, bis er die Wohnung verlassen und die Tür zugezogen hatte, bevor sie ins Badezimmer huschte und ihr Kleid auszog. Wenn sie eine Höhle besichtigten, sollte sie vielleicht nicht gerade Schlappen oder Sandalen tragen.

Sie machte sich schnell frisch und schlüpfte in ein T-Shirt und eine kurze Stoffhose. Dazu passten ihre luftigen Sneaker. Danach packte sie noch etwas zu trinken und eine Tüte mit Knabbereien, die sie noch aus dem Flugzeug hatte, in ihren kleinen Rucksack – der war ihr lieber als große Handtaschen – und machte sich auf den Weg nach unten.

Markus stand bereits neben dem Smart, ihr den Rücken zugewandt. Er telefonierte mit jemandem und warf einen schnellen Blick über die Schulter, als sie die Haustür absperrte. Er hatte dasselbe an wie zuvor, nur anstatt der Flipflops trug er ebenfalls geschlossene Schuhe. Außerdem hatte er sich eine Sonnenbrille ins Haar geschoben.

»Hab noch schnell Jannik angerufen«, erklärte er ihr, nachdem er das Gespräch beendet und sich zu ihr umgedreht hatte.

»Ich hoffe, ihm geht es gut?«

Markus lächelte. »Dem geht es bestens.«

Das erleichterte sie, denn sie wünschte sich sehr, dass er auf dieser Trauminsel richtig entspannen konnte.

»Soll ich fahren?«, fragte er.

»Hab nichts dagegen.« Sie warf ihm den Autoschlüssel über die Motorhaube zu. »Ich fahre ohnehin nicht so gerne.« Das stimmte sogar, obwohl sie den schnuckligen Smart wirklich mochte. Der Hauptgrund war jedoch, dass sie Markus definitiv besser anschmachten konnte, wenn sie auf dem Beifahrersitz Platz nahm.

Himmel, sie hörte sich wirklich an wie ein verliebter Teenager. Dabei war sie eine erwachsene Frau! Doch mit Markus fühlte sie sich so jung und beschwingt wie ewig nicht mehr. Außerdem freute sie sich riesig auf ihre Touren. Zu zweit machte es einfach mehr Spaß, die Insel zu entdecken. Allein hätte sie sich vielleicht gar nicht erst aufgerafft, irgendwo hinzufahren. Wenn Markus nicht gekommen wäre, würde sie sich wahrscheinlich immer noch über Jens ärgern. Jetzt dachte sie so gut wie gar nicht mehr an ihren Ex.

Sie setzten sich ins Auto, und Markus gab ihr sein Smartphone. »Du darfst mich lotsen.«

Das brauchte sie fast gar nicht, denn bis nach Sassari war alles gut ausgeschildert. Zuerst steuerte Markus den Smart durch viele Wälder, aber je weiter sie aus dem eher gebirgigen Teil der Insel herauskamen, an desto mehr Feldern fuhren sie vorbei. Teilweise war mehrere Minuten lang kein einziges Haus zu sehen, und nur wenige Autos befuhren die Straße. Eva fühlte sich fast ein bisschen wie in ihrem persönlichen Paradies.

Markus genoss ihren Ausflug jetzt schon. Eva lotste ihn gekonnt an Sassari vorbei und erklärte ihm immer rechtzeitig, wann er abbiegen musste. Er fand ihre Begleitung sehr angenehm, und sie unterhielten sich während der Fahrt über alles Mögliche. Nie kam eine unangenehme Stimmung auf, wenn sie schwiegen und einfach nur den Blick auf die Umgebung genossen. So vertraut wie sie miteinander umgingen, glaubte Markus, sie wären schon seit Ewigkeiten Freunde.

»Ist das nicht traumhaft?«, sagte sie und deutete auf die Wildblumen, die ihren Weg säumten. »Sieht aus wie ein Meer aus Farben.«

»Hmm«, brummte er gutgelaunt. Aber auch die Küste mit den weißen Felsen verwöhnte sowohl seine Augen als auch seine Seele. Das kristallklare Wasser glitzerte in der Sonne, und nirgendwo lag Müll herum. Das gefiel ihm am besten.

Je näher sie ihrem Ziel kamen, desto voller wurde die einzige Straße. Diese führte direkt an der über hundert Meter hohen Steilküste der Landzunge »Capo Caccia« zur Grotte. Als sie schließlich den relativ kleinen Parkplatz vor dem Kassenhäuschen erreichten, bekam Markus ein schlechtes Gewissen, denn er war völlig überfüllt. Mit Ach und Krach fanden sie am Seitenstreifen noch eine Lücke.

»Gut, dass Maren so ein winziges Auto hat«, sagte Eva, gurtete sich ab und holte ihren Rucksack aus dem Fußraum.

»Eigentlich hätte ich mir denken können, dass hier die Hölle los ist«, murmelte er, bevor er den Zündschlüssel abzog.

Aufmunternd lächelte sie ihn an. »Jetzt sind wir schon mal da, also gucken wir uns die Höhle auch an.«

Es gefiel ihm, dass sie sich nicht entmutigen ließ. Außerdem hatten sie ja Zeit. Es warteten keine Verpflichtungen auf sie, außer rechtzeitig am Abend zurück zu sein, um Pino zu füttern und die Pflanzen noch einmal zu gießen.

Während Eva in der kleinen Snack-Bar, die zur Grotte gehörte, auf die Toilette ging, kaufte er die Eintrittskarten am Kassenhäuschen. Mit 14 Euro waren die nicht gerade günstig, aber es gab eine Führung in deutscher Sprache. Außerdem erleichterte es ihn, dass gar nicht so viele Leute hier waren, wie zuerst vermutet, denn auf den kleinen Parkplatz passten nur wenige Fahrzeuge.

»Wie viel bekommst du von mir?«, fragte Eva, als sie zu ihm zurückkehrte und er ihr das Ticket in die Hand drückte.

»Ich lade dich ein.«

»Vielen Dank. Ich revanchiere mich beim nächsten Mal.«

Ihr bezauberndes Lächeln schoss ihm tief in den Bauch.

Aus einem Impuls heraus hätte er sie fast an sich gezogen und geküsst. Stattdessen sagte er: »Von hier oben hat man einen echt grandiosen Ausblick.« Das stimmte sogar, und es wehte eine angenehme Brise. Dennoch brannte die Sonne brutal auf sie herab.

Deshalb warteten sie mit den anderen Leuten unter dem ausladenden Dach des Kassenhäuschens und starrten fasziniert auf das tintenblaue Meer. Während sich Markus ein Prospekt aus einem Ständer nahm, deutete Eva in die Ferne. »Schau, da sind Delfine!«

Tatsächlich sprangen am Horizont ein paar Tümmler herum. »Allein dafür hat sich der Weg schon gelohnt, oder?«, sagte er.

»Definitiv.« Eva versuchte, mit ihrem Smartphone ein paar Fotos zu schießen, aber die Tiere waren leider zu weit weg.

»Hier steht«, Markus deutete auf den Folder, »rund um das Capo Caccia liegt das Meerschutzgebiet Isola Piana, weshalb man nicht nur Delfine, sondern sogar Mönchsrobben und Weißkinn-Sturmvögel beobachten kann.«

Ihre schönen Augen leuchteten regelrecht. »Vielleicht sehen wir noch welche, wenn wir zur Höhle gehen.«

»Das ist übrigens nicht die einzige Grotte. Unter unseren Füßen liegen fünfzehn weitere, aber die Grotta di Nettuno soll die malerischste sein.«

Endlich wurde das Tor geöffnet, und ihre Gruppe durfte sich auf den Weg machen.

»Es sind 654 Stufen bis zur Höhle«, flüsterte Markus ihr grinsend zu. »Ich weiß ja, dass du Sport nicht so viel abgewinnen kannst.«

Eva schnaubte gespielt entrüstet. »Nach unten ist für mich kein Problem, und den Weg zurück trägst du mich einfach, du Supersportler.«

Es machte Spaß, sie zu necken, und er würde sie gerne noch weiter aufziehen, aber er sollte sich lieber auf den steilen Abgang konzentrieren. Die ersten Treppen führten im Zickzackkurs zwischen zwei Felswänden nach unten, bevor der Weg direkt an der Steilwand der Klippe entlanglief. Er war aus dem Stein geschlagen und zur Meerseite hin mit einer Mauer versehen worden, damit niemand abstürzen konnte. Zudem war die Aussicht über das Wasser grandios, sodass ihm vor lauter Staunen ohnehin der Mund offenstand. Als Highlight war der Weg mit faszinierenden Stalagmiten- und Stalaktitengebilden gesäumt.

Leider brannte die Sonne gnadenlos auf sie herab, bloß direkt an der fast senkrechten Steilwand war es teilweise noch schattig. In wenigen Minuten würden die Strahlen aber auch die letzten geschützten Winkel erreichen.

Weil der Weg nun weitgehend geradeaus führte, konnte Markus ab und an einen Blick in sein Prospekt werfen und Eva, die vor ihm lief, mit weiteren Informationen versorgen. »Seit 1959 kann man die Grotte zu Fuß erreichen«, erklärte er ihr. »Früher wurde die Höhle nicht mit Scheinwerfern ausgeleuchtet, sondern mit Hunderten von Kerzen.«

»Das muss toll ausgesehen haben«, sagte sie in einem schwärmerischen Ton.

»Bloß war der Ruß nicht gut für die Tropfsteingebilde. Deshalb wird nun alles elektrisch beleuchtet.« Ein romantisches Candlelight-Dinner mit Eva in der Grotte könnte er sich durchaus vorstellen – also wenn er zwanzig Jahre jünger wäre und eine Beziehung mit ihr anstreben würde. Falls er Katja nicht getroffen hätte, dafür aber Eva … dann könnten sie heute noch zusammen glücklich sein.

Als sich Markus' Herz bei dem Gedanken an seine verstorbene Frau verkrampfte, schüttelte er schnell die alten Erinnerungen ab und konzentrierte sich wieder auf die Landschaft. Doch auch Eva fesselte seine Blicke. Oder besser gesagt: ihr Hintern. Der sah in den engen Shorts ziemlich sexy aus.

Knapp eine Viertelstunde später erreichten sie ihr Ziel. Ein mit Rost überzogenes Geländer säumte die restlichen Treppen, und das Meer donnerte knapp unter ihren Füßen gegen den rauen Kalkstein. Nach einer letzten Biegung öffnete sich der große Höhleneingang, in dem sogar Boote anlegen konnten. Die bizarren Felsgebilde sahen imposant aus, denn sie wurden mit roten und orangefarbenen Strahlern angeleuchtet. Außerdem schlug ihnen angenehm kühle Luft aus dem Inneren der Höhle entgegen.

Sie schlossen sich der kleinen Gruppe an und bildeten das Schlusslicht. Markus wurde nur ungern im Pulk mitgeschoben. Zahlreiche Lautsprecheranlagen versorgten sie mit allen nötigen Informationen, wie zum Beispiel die Entstehung und Entdeckung der Grotte.

Er war froh, feste Schuhe zu tragen, denn der Weg wurde immer feuchter und glitschiger, je tiefer sie in die Höhle schritten. Auch schien die Temperatur weiter abzufallen.

Als sich Eva über die Arme rieb, fragte er: »Ist dir kalt?«

»Ein bisschen.«

Ohne nachzudenken, legte er ihr einen Arm um die Schultern und zog sie an seinen Körper. Hoffentlich war ihr das nicht unangenehm. Da sie sich nicht versteifte oder von ihm abrückte, deutete er das als gutes Zeichen.

Als sie an einer blauen Lampe vorbeikamen, warf er einen weiteren Blick in sein Prospekt. »In der Höhle herrscht Sommer wie Winter eine konstante Temperatur von zehn Grad vor.« Er schüttelte sich innerlich und wandte ihr grinsend das Gesicht zu. »Das nächste Mal müssen wir uns besser vorbereiten. Eine dünne Jacke hätte nicht geschadet.«

»Ich habe gar keine eingepackt, sondern nur den Pulli dabei, den ich auf dem Flug anhatte«, gestand sie ihm schmunzelnd, und schlang einen Arm um seine Hüfte.

»Dann hätte ich dir einen von mir geliehen«, sagte er rau. Ihre Berührung schoss ihm direkt in den Bauch und hinterließ dort ein wohliges Kribbeln.

»Sehr lieb von dir, aber bei Maren im Schrank finde ich bestimmt einen, sollten wir noch einmal in solch eine Extremsituation gelangen.«

Ihm gefiel die Idee, dass sie seinen Pullover tragen könnte, allerdings mehr. Ihren Humor mochte er sehr, genau wie ihren Arm, der sich an seiner Hüfte perfekt anfühlte. Sein Urlaub wurde besser und besser.

Langsam gingen sie weiter, wobei sein Herz aufgeregt gegen seinen Brustkorb sprang. Aber nicht, weil sie auf andere bestimmt wie ein Liebespaar wirkten, sondern weil es sich sehr schön anfühlte, wieder jemanden so nah bei sich zu spüren. Das hatte er wirklich vermisst. Doch er wusste nicht, ob er für eine neue Beziehung bereit war – ganz zu schweigen von Eva, die gerade erst eine hinter sich hatte.

Eines wusste Markus allerdings mit Gewissheit: Seine nächsten Träume würden sehr wahrscheinlich wieder von ihr handeln und äußerst heiß werden.

Da sich die meisten Besucher flüsternd unterhielten, war es angenehm ruhig in der Höhle. Leider änderte sich das schlagartig, als ein Boot anlegte. Immer mehr Leute drängten in die Grotte, sodass sie sich nun nicht mehr am Ende der Schlange befanden, sondern mittendrin.

»Von dem weitverzweigten, etwa vier Kilometer langen Höhlensystem sind der Öffentlichkeit nur einige hundert Meter zugänglich«, drang es aus einem Lautsprecher in ihrer Nähe, während sie malerische Tropfsteingebilde und Kalksinterablagerungen bewunderten, die im Laufe von Jahrtausenden entstanden waren. Einen etwa hundertzwanzig Meter langen Salzwassersee, der mit dem Meer verbunden war, gab es außerdem zu bestaunen. Evas Augen leuchteten regelrecht – nun gut, das lag auch an den bunten Scheinwerfern – und er musste ihr ständig ins Gesicht sehen. Sie war eine wirklich schöne Frau, was ihm immer mehr ins Bewusstsein drang, je länger er mit ihr zusammen war. Sie fühlte sich auch gar nicht fremd in seinen Armen an, sondern so, als würde sie genau dort hineingehören.

Diese Grotte zu besuchen, war die beste Idee überhaupt gewesen. Auch wenn es kühl war, wollte Markus gerade nirgendwo anders sein.

Eva gefiel die Führung durch die Höhle, und vor allem genoss sie die Intimität zwischen Markus und ihr. Leider wurde es langsam ganz schön voll um sie herum. Hin und wieder mussten sie wegen der niedrigen Decke den Kopf einziehen, und zur nächsten Kammer gelangten sie nur über eine schmale, steile Treppe. Deshalb löste sich Eva schweren Herzens aus Markus' Arm und ging voran. Prompt vermisste sie seine Wärme und vor allem die Nähe zu ihm. Dicht bei ihm hatte sie sich so geborgen wie ewig nicht mehr gefühlt.

Weil sie tief in Gedanken an ihn versunken war, passte sie für einen Moment nicht auf und rutschte auf einer glitschigen Stufe aus. Sie ruderte mit den Armen, stieß einen Schrei aus – und landete mit dem Rücken an Markus' Brust.

Während sich seine Arme um ihren Bauch schlossen, wandte sie sich um. Obwohl sie nun eine Stufe über ihm sicher stand, ließ er sie nicht los und zog sie so fest an seinen warmen Körper, dass sich ihre Nase an seinen Hals drückte.

»Alles okay?«, murmelte er an ihrer Schläfe.

Himmel, wie peinlich!, dachte sie – bis zu dem Moment, als sie sein unvergleichliches, männliches Aroma roch, von dem ihr ganz schwindelig wurde. Es gehörte verboten, dass jemand so verlockend duftete!

»Alles okay«, antwortete sie atemlos und umarmte ihn. »Danke.« Sich an ihn zu schmiegen, war das schönste Gefühl auf Erden.

Als sie ihn anblickte, lagen seine Lippen fast direkt vor ihrem Mund. Während sich diese leicht teilten, bebte ihr Herz. Würde er sie küssen?

Da rempelte ihn jemand von hinten an, und der zauberhafte Moment war gebrochen.

Markus schmunzelte. »Wir sollten weitergehen, denn wir halten noch den ganzen Betrieb auf. Aber nimm lieber meine Hand.«

Seine Hand war besser als gar nichts von ihm, darum musste er sie nicht zwei Mal bitten, nach ihr zu greifen. Leider war diese Berührung, genau wie seine wärmende Umarmung zuvor, bloß eine rein platonische Geste, so viel war ihr klar.

Wir sind nur Freunde, einfach nur Freunde, wiederholte sie ständig im Geiste, während sie es dennoch genoss, seine etwas größere Hand in ihrer zu spüren.

Nach einer halben Stunde war die Führung vorbei, und sie gingen denselben Weg zurück zum Ausgang. Dort ließ sie Markus los, da es nun keinen Grund mehr gab, warum sie sich festhalten musste. Gemeinsam machten sie sich an den Aufstieg, wobei Eva erneut vor ihm lief. Doch schon bald ging ihr die Puste aus und ihre Oberschenkel brannten.

Shit. Über sechshundert Stufen im prallen Sonnenschein zu erklimmen war ein ganz anderes Kaliber, als sie im Halbschatten nach unten zu steigen.

Gentlemanlike gab Markus keinen Kommentar zu ihrer Kondition ab, sondern verharrte mal hier, mal dort, um die Aussicht zu genießen und mit seinem Smartphone ein paar Fotos zu schießen. Vielleicht strengte ihn der Aufstieg aber auch ein bisschen an, denn Schweißtropfen glitzerten auf seiner Stirn. Es war wirklich verdammt heiß.

»Sollen wir Maren ein paar Bilder schicken?«, fragte er, während Eva ihre Wasserflasche aus dem Rucksack holte. Sie hatte einen Riesendurst.

»Darüber freut sie sich bestimmt.« Sie stellte sich neben Markus an die Mauer, und er legte einen Arm um sie, während er sie beide mit dem Meer im Hintergrund fotografierte.

Danach trank sie ein paar Schlucke und fragte ihn: »Magst du auch?«

»Sehr gerne.«

Sie beobachtete ihn, als er den Kopf leicht zurücklegte und die Lippen an der Öffnung ansetzte. Es sah sexy aus, wie sich beim Trinken seine Kehle bewegte, irgendwie sehr männlich.

Innerlich verdrehte sie die Augen über ihre Schwärmerei. *Oh ja, er ist der männlichste Mann auf diesem Planeten, die süßeste Sahneschnitte, das begehrteste Häppchen am Buffet*, dachte sie sarkastisch. *Mensch, Eva, jetzt ist es aber mal gut! Er ist auch nur ein ganz normaler Kerl. Außerdem will er nicht dasselbe von dir wie du von ihm …*

Als er ihr die Flasche zurückgab, stemmte er die Hände in die Hüften und holte tief Luft. »Ich weiß nicht, ob ich es noch bis Sassari schaffe. Ich könnte einen ganzen See austrinken und einen Happen essen.« Er zeigte auf den Folder in seiner Hand. »Hier steht, dass Alghero auch sehr schön sein soll. Von dort aus starten die Ausflugsboote zur Höhle. Die Stadt liegt nicht weit von hier am Meer. Wollen wir lieber dorthin fahren?«

»Das ist eine ausgezeichnete Idee«, erwiderte sie immer

noch leicht atemlos. »Im Landesinneren ist es jetzt wahrscheinlich heiß wie in einem Glutofen.«

Nachdem sie endlich beim Auto angekommen waren, stiegen sie ein und machten sich direkt auf den Weg nach Alghero. Markus saß am Steuer, und Eva lotste ihn wieder. Während der halbstündigen Fahrt wollte sie gleich ein Restaurant mit Meerblick heraussuchen, doch die Mühe konnte sie sich sparen. Die Auswahl an Lokalen war riesig, da würden sie auch so etwas finden.

Weil Alghero autofrei war, mussten sie auf einem Parkplatz am Meer vor dem historischen Zentrum parken. Das passte perfekt. Entlang der alten Festungsmauern reihte sich unter Palmen und zwischen alten Kanonen ein Restaurant an das andere. Sie entschieden sich für eine Pizzeria und genossen von ihrem Platz aus einen direkten Blick auf das Meer sowie die Bucht.

Weil Markus schon den Eintritt bezahlt hatte, übernahm Eva diesmal ihre Pizzen und Getränke. Danach bummelten sie durch gepflasterte, altertümliche Gassen, die teilweise so schmal waren, dass sie vollständig im Schatten lagen. Sie liefen vorbei an alten Toren und Türmen, die im 13. Jahrhundert zum Schutz vor den damals allgegenwärtigen Piraten errichtet wurden, genau wie die Festungsmauer. Außerdem besuchten sie zwei Märkte und passierten urige Läden, die den berühmten roten Korallenschmuck verkauften. Eva fand die kunstvollen Ketten, Ohrringe und Anhänger wunderschön. Doch da sie nur selten Schmuck trug und genug davon besaß, kam sie erst gar nicht in Versuchung, sich etwas Neues anzuschaffen.

Markus wunderte sich, dass es tatsächlich Frauen gab, die sich nicht für Bling-Bling interessierten.

»Ich bin eben eine etwas ungewöhnliche Frau«, gestand sie ihm grinsend.

»Allerdings«, raunte er und starrte sie dabei für einen kurzen Moment derart intensiv an, dass ihr heiß bis in die entlegensten Winkel ihres Körpers wurde. Aber bestimmt hatte sie sich seinen leidenschaftlichen Blick nur eingebildet.

Sie nutzten ihren Besuch in Alghero, um für den Abend, den sie auf der Terrasse der Pension ausklingen lassen wollten, zwei Flaschen Wein zu kaufen. Dazu leisteten sie sich auf dem Rückweg zum Auto ein paar Leckereien wie frische Baguettes, Schafskäse und eingelegte Oliven. Schließlich wollten sie nicht Marens ganze Vorräte plündern.

Danach machten sie sich auf den Nachhauseweg. Eva war zu gespannt, was der Abend noch bringen würde.

Kapitel 10

In vino veritas

Als sie die Pension erreichten, war es schon später Nachmittag und die Sonne stand tief. Gemeinsam gossen sie schnell alle Pflanzen, stellten schon mal Futter für Pino in den Schatten, bevor sie es später vielleicht vergaßen, und wollten sich in einer Stunde auf ein Gläschen Wein und Abendbrot auf der Terrasse treffen.

Kaum betrat Eva Marens Wohnung, riss sie sich zuerst die Kleidung vom Leib. Sie war völlig durchgeschwitzt, aber rundum glücklich. Der Tag war aufregend und wundervoll gewesen. Nun freute sie sich auf einen ruhigen Abend mit Markus.

Sie sprang unter die Dusche, wusch sich die Haare und rasierte sich die Beine, obwohl die es noch gar nicht nötig hätten. Doch sie wollte für Markus so gut wie möglich aussehen.

Ihr Gewissen schalt sie, weil sie sich schon wieder für einen Mann verbiegen wollte. Doch sie konterte: *Das tue ich auch, um mich selbst wohlzufühlen.*

Sie hörte ihre innere Stimme noch Minuten später lachen …

Na gut, sie gab es zu: Sie wollte so gerne mehr von ihm als Freundschaft. War das verwerflich? In seiner Gegenwart fühlte sie sich begehrt und schön. Das hatte sie schon ewig nicht mehr empfunden.

Als die Stunde fast herum war, legte sie dezenten Lippenstift auf und schlüpfte in ein langes hellblaues Kleid. Von Marens Sofa schnappte sie sich eine dünne Decke, falls es später draußen kühler werden sollte, und machte sich auf den Weg nach unten.

Markus stand auf der Terrasse, stützte die Ellbogen auf das Geländer und blickte über das Meer. Er drehte ihr den Rücken zu, woraufhin sie leise weiterging. Er sollte sie nicht gleich bemerken, damit sie ihn noch eine Weile anschmachten konnte.

Er trug wieder seine Flipflops, dazu eine lange helle Stoffhose, die sich über seinen wohlgeformten Hintern spannte, sowie ein schwarzes T-Shirt. In seinen vom Duschen feuchten Haaren verfing sich das Licht der tiefstehenden Sonne. Er sah zum Anknabbern aus.

Jetzt starr ihn nicht so durchdringend an, sonst brennst du noch Löcher in seinen Knackarsch.

Mühsam wandte sie den Blick ab, um diesem Mann nicht noch mehr zu verfallen, und freute sich, dass er einen gemütlichen Platz für sie beide hergerichtet hatte. Bequeme Polster lagen in einem Korbsessel und auf einem Zweisitzer-Sofa. Auf dem runden Tisch entdeckte sie zwei Gläser, eine geöffnete Flasche des Weines, den sie heute gekauft hatten, und ein Tablett mit Häppchen. Markus hatte sich die Arbeit gemacht und die Leckereien appetitlich angerichtet.

Ihr Herz vollführte wilde Tänze, weil die ganze Atmosphäre »Date, Date, Date!« schrie. Doch er wollte wohl einfach nur nett sein.

Marens Worte kamen ihr in den Sinn: *Ihr werdet euch bestimmt gut verstehen. Markus ist wirklich ein ganz Lieber.*

Benahm er sich bei ihrer Freundin auch derart zuvorkommend? Und verwirrte sie das nicht?

Womöglich war Maren gegen diesen ganzen Zauber immun, denn sie hatte schließlich nur Luca im Kopf.

»Das sieht sehr verlockend aus«, sagte Eva und stellte sich neben ihn ans Geländer.

Lächelnd wandte er ihr das Gesicht zu und raunte: »In der Tat.«

Sie drückte sich die dünne Decke an die Brust, als ob das helfen würde, sich vor seinem Charme zu schützen. Schon wieder verwirrten sie seine Worte. Meinte er damit sie oder den gedeckten Tisch?

Seine intensiven Blicke ließen allerdings keine Zweifel zu, worauf sich sein Kommentar bezog. Eva bemerkte sehr wohl, wie er sie von unten bis oben scannte und eine Sekunde länger am tiefen Ausschnitt ihres Kleides verweilte.

Verdammt, sie hätte sich einen BH anziehen sollen! Doch bei der Wärme und weil dieses blöde Ding ihren Brustkorb schon den ganzen Tag eingeschnürt hatte, hatte sie jetzt darauf verzichtet. Markus konnte durch den dünnen Stoff hoffentlich nicht ihre Brustwarzen sehen?

Himmel, daran hatte sie überhaupt nicht gedacht!

Plötzlich wich er zurück und fragte sie: »Magst du Wein?«

»Gerne«, krächzte sie und räusperte sich.

Er legte sein Smartphone, das er in der Hand gehalten hatte, auf den Tisch, und griff nach der geöffneten Flasche.

Eva fragte, bloß um ein Gespräch zu beginnen: »Erwartest du noch einen Anruf?«

»Jannik wollte mir heute was total Wichtiges mitteilen, aber er hat sich bisher nicht gemeldet.«

»Hast du eine Ahnung, was es sein könnte?« Sie setzte sich auf die kleine Couch und hängte die Decke über die Lehne, während Markus ihr gegenüber in dem Sessel Platz nahm.

»Ich vermute, dass er endlich mit Elena zusammen ist.«

»Ist sie eine Kommilitonin?«

»Hm. Sie kommt aus Spanien, und er hat vom ersten Moment an ein Auge auf sie geworfen.«

Falls Jannik seinem Vater auch nur ein bisschen ähnelt, sollte Elena zugreifen, dachte Eva schmunzelnd.

Nachdem Markus ihnen eingeschenkt hatte, hob er sein Glas und sagte: »Auf noch viele weitere, schöne Tage auf Sardinien.« Dabei blickte er ihr wieder tief in die Augen.

Evas Hand zitterte leicht, als sie miteinander anstießen. »Auf wundervolle, neue Erinnerungen.«

Es lagen noch knapp drei gemeinsame Wochen vor ihnen. Wie sollte sie die nur überstehen, ohne über Markus herzufallen? Er duftete bis zu ihr herüber! Nach einem frischen Duschgel oder Aftershave. Er hatte sich ebenfalls rasiert, wie sie bemerkte. Dabei mochte sie seinen Bartschatten, der verlieh ihm etwas Verwegenes.

Sie ließen den Tag noch einmal Revue passieren und überlegten, wohin sie morgen fahren sollten.

»Sollen wir einen Strandtag einlegen?«, fragte sie und schnappte sich eine mit Oliven und Käse belegte Baguettescheibe vom Tablett.

»Da brauchen wir wenigstens keinen Pullover.« Er zwinkerte. »Schwebt dir schon ein bestimmter Strand vor?«

»Maren hat mir mal einen ganz besonderen Geheimtipp gezeigt, nicht weit weg von hier, sodass wir mit den Rädern fahren könnten. Dort war damals nicht viel los und es sah traumhaft schön aus, wie auf einer Postkarte.«

»Klingt fantastisch, und du findest dort bestimmt ein paar schöne Motive, die dir neue Inspirationen für deine Projekte liefern.«

»Ja!«, stieß sie erstaunt hervor. »Woher weißt du das?«

Er zuckte mit den Schultern und nahm sich ebenfalls ein Häppchen. »Mit irgendwas muss man seine Muse ja füttern.«

Markus überraschte sie immer wieder. Er schien sie besser zu verstehen als jede andere Person – Maren ausgenommen. Mit ihrer Freundin war Eva quasi auf einer Wellenlänge.

Während sie aßen und den Blick aufs Meer genossen, redeten sie wieder über Gott und die Welt. Die erste Flasche Wein leerte sich fast von selbst, und als Markus die zweite öffnete, fühlte sie sich bereits ein wenig beschwipst. Doch es tat auch mal gut, die Vergangenheit zu ertränken. Eva hatte sich noch ein bisschen bei ihm ausgeheult – diesmal nicht über Jens, sondern über ihre unnahbare, gefühlskalte Mutter und wie sehr sie ihren Papa vermisste. Auch Markus war unglaublich offen und erzählte viel aus seinem Leben sowie einige lustige Anekdoten über seine Mandanten – ohne ihre Namen zu nennen.

Die Sonne war mittlerweile untergegangen und die ersten Sterne funkelten an einem lilaroten Abendhimmel. Als Eva vorhin schnell auf die Toilette gegangen war, hatte sie eine dicke Kerze im Glas geholt und auf den Tisch gestellt. Die Häppchen waren alle verputzt, und sie fühlte sich nach dem langen Tag träge, aber rundum glücklich.

Plötzlich vibrierte Markus' Smartphone, und als er es in die Hand nahm, lächelte er gleichzeitig verschmitzt und für ihre Begriffe natürlich wieder sexy. Prompt begann er, eine Nachricht zu tippen, wobei sein Grinsen nie erlosch.

Ihr Puls flatterte, weil sie ihn am liebsten küssen wollte. »Was ist los?«

»Mein Instinkt hat mich nicht getäuscht.« Er stand auf, um sich direkt neben sie auf die Couch zu setzen. Dann hielt er ihr ein Foto hin. »Jannik und Elena sind jetzt offiziell zusammen.«

»Das freut mich für die beiden. Sie sehen glücklich aus.« Der junge Mann, der Markus wie aus dem Gesicht geschnitten war, hatte einen Arm um eine schwarzhaarige junge Frau gelegt. Beide lächelten in die Kamera. »Du hast einen echt feschen Sohn. Er hat bestimmt schon viele Herzen gebrochen.«

Markus legte das Handy zurück auf den Tisch und schüttelte den Kopf. »Eher haben die Mädchen sein Herz gebrochen. Er hatte bisher zwei kurze Beziehungen und wurde jedes Mal ohne Erklärung abserviert. Er ist einfach eine sehr treue Seele, und es hat ihn beide Male richtig mitgenommen.«

Es musste Markus schwerfallen, in solchen Momenten so weit weg von seinem Sohn zu leben. Auch wenn sie keine

Kinder hatte, konnte sie sich gut vorstellen, was in ihm vorging.

»Hoffentlich ist Elena keine Bitch«, murmelte er und nippte an seinem Wein. »Aber was ich bisher über sie gehört habe, hat Jannik diesmal vielleicht mehr Glück.«

Eva grinste. »Dann kommt er also ganz nach seinem Papa. Der ist auch eine treue Seele.« Bis über den Tod hinaus …

»Gut möglich«, raunte er und lehnte sich leicht an sie.

Er wechselte nicht wieder den Platz, sondern blieb neben ihr sitzen. Sein Oberschenkel berührte ihr Bein, und die Hitze seiner Haut schien sich durch den Stoff ihres Kleides zu brennen.

Als sie sich nervös über die Unterlippe leckte, starrte er auf ihren Mund. Das tat doch kein Mann, wenn er nur eine rein platonische Beziehung wollte!

Weil er schwieg und sie die verwirrende Situation verunsicherte, sagte sie das Erste, was ihr einfiel: »Es heißt ja immer, dass die erste große Liebe etwas Besonderes ist. Also bei mir war das nicht so.«

»Erzähl.« Er streckte einen Arm hinter ihr aus, um ihn auf der Lehne abzulegen. Dabei berührte er leicht ihren Rücken.

Ihr ganzer Körper stand mittlerweile unter Strom!

Sie kratzte all ihre Konzentration zusammen und begann zu erzählen: »Mit zwölf war ich schrecklich in den zwei Jahre älteren Nachbarsjungen verliebt. Monatelang habe ich von ihm geträumt, aber er hat mich nie wirklich beachtet. Als ich vierzehn war, haben wir mit einer Gruppe von Kindern Verstecken gespielt. Ich saß mit meinem Schwarm in einem dunklen Keller, und er hat mich geküsst.«

Markus schmunzelte. »Hatte er es drauf?«

»Seine Lippen waren viel zu feucht und glitschig und ich fand den Kuss gar nicht so toll, wie er immer überall beschrieben wurde.« Sie grinste peinlich berührt, doch es fiel ihr leicht, Markus von ihrer Jugendsünde zu berichten. »Von da an waren wir zusammen, also zumindest heimlich. Ich musste ihm schwören, niemandem etwas von uns zu verraten. Wir sind auf dieselbe Schule gegangen, doch er hat mich nicht mal gegrüßt, wenn wir uns dort über den Weg gelaufen sind. Er war zwei Klassen über mir. Zuhause hat er mich hingegen regelrecht abgepasst, immer wenn ich an seinem Haus vorbeigelaufen bin, damit er mit mir herummachen konnte, wenn er allein war. Mit fünfzehn habe ich schließlich meine Unschuld an ihn verloren, als meine Eltern nicht daheim waren.«

Markus hörte nicht auf, sie anzustarren. Er schien ihr aufmerksam zuzuhören und trank immer wieder einen Schluck Wein. Irgendwie hatte sie das Gefühl, dass sein Gesicht Millimeter für Millimeter näher an ihres rückte. Beinahe verlor sie sich in dem Graublau seiner Augen.

»War dein erstes Mal wenigstens schön?«, wollte er wissen.

»Gar nicht. Es hat nicht wehgetan, oder so, aber er war ziemlich schnell fertig und ist danach einfach nach Hause gegangen. Es gab nicht mal einen Kuss.«

»Spätestens hier hätte ich mit dem Kerl Schluss gemacht«, sagte er ungehalten.

»Für mich war das Kapitel damit eigentlich auch beendet, doch von nun an wollte er immer nur das Eine.«

Markus kniff die Lider zusammen. »War das zweite Mal mit ihm wenigstens besser?«

»Dazu kam es nie«, gestand sie ihm. »Als er das nächste Mal mit Gewalt erzwingen wollte, weil ich ihn abgewiesen habe, war für mich endgültig klar, was für ein Arsch er war.«

Ihre Arme berührten sich, und Eva lehnte sich sanft an ihn, versucht, den Kopf auf seine Schulter zu legen.

Markus sah ziemlich entrüstet aus. »Wie heißt er und wo wohnt er? Ich bringe ihn um!«

Eva lachte und legte den Kopf zurück auf seinen Arm. »Ich bin vor ein paar Jahren zufällig mal über sein Facebook-Profil gestolpert. Glaub mir, Karma hat das arme Würstchen ordentlich gef…« Sie biss sich auf die Unterlippe. Der Alkohol hatte ihre Zunge wirklich mächtig gelockert.

Markus grinste verrucht und drehte ihr den Oberkörper zu. »Solche schmutzigen Wörter können aus solch einem süßen Mund kommen?«

»Manchmal«, flüsterte sie atemlos.

»Mich würde trotzdem interessieren, weshalb sich der Kerl dir gegenüber so arschig verhalten hat.«

»Er wollte wohl den Macho rauskehren. Viele junge Frauen stehen ja auf solche Typen.«

»Und weshalb hat er eure Beziehung geheimhalten wollen?«

»Ich glaube, er hat sich geschämt, mit mir gesehen zu werden.«

Seine Brauen schoben sich zusammen. »Wieso?«

Eva zuckte mit den Schultern. »Vielleicht war ich ihm zu

jung oder zu uncool für ihn und seine Freunde oder einfach zu langweilig. Ich war eher das unscheinbare Mädchen, habe mich nie übermäßig geschminkt, bin nur selten ausgegangen und war kaum auf Partys anzutreffen.«

Er trank den Rest aus seinem Glas in einem Zug aus, stellte es auf den Tisch und wandte ihr erneut den Oberkörper zu. »So ein Abend zu zweit ist auch viel schöner, finde ich.«

»Definitiv.« Alle Anzeichen deuteten darauf hin, dass er sie jeden Moment küssen wollte. Die Luft flirrte regelrecht zwischen ihnen – vielleicht war aber auch nur eine Mücke in der Nähe.

Herrje, sie konnte kaum noch klar denken!

»Ich kann nicht verstehen, warum Jens dich verlassen hat«, sagte er mit dunkler Stimme, die ihr tief unter die Haut fuhr. »Du bist eine Klassefrau, Eva, und wunderschön dazu.«

Ihr Herz klopfte so wild, dass ihr ganz schwindelig wurde. Der Wein tat den Rest dazu. Die Welt um sie herum drehte sich, während sie beide in einer Blase steckten, in der die Zeit stillzustehen schien. »Das sagst du doch nur, um mich aufzumuntern«, wisperte sie, wobei sie ihre zitternden Hände im Schoß verbarg und den Kopf noch ein Stück in den Nacken legte, sodass er auf seinem Arm zu liegen kam.

»Ich meine jedes Wort ernst.« Plötzlich beugte er sich ganz über sie, schob seine freie Hand auf ihre Taille und drückte ihr zart die Lippen auf.

Eva hielt für einen Augenblick die Luft an, weil sie glaubte, zu träumen. Aber als er begann, sie sanft zu küssen, schlang sie wohlig seufzend die Arme um ihn und erwiderte seine Zärtlichkeiten.

Sofort wurden seine Küsse stürmischer, als hätte er nur auf ein Zeichen von ihr gewartet. Markus schmeckte nach Wein und verheißungsvollen Abenteuern. Er zog sie fest an sich, sodass sie fast auf seinem Schoß landete, und glitt mit einer Hand an ihrem Rücken nach oben und in ihr Haar.

Ein leises Stöhnen vibrierte in seiner Kehle, als er die Zunge hinzunahm und Eva diese mit ihrer Zungenspitze neckte.

Sie wusste nicht, wann sie das letzte Mal mit solch einer Hingabe geküsst worden war. Passierte das gerade wirklich?

Sie musste mehr von Markus fühlen, um zu wissen, ob sie sich das alles nicht bloß einbildete. Deshalb fuhr sie in sein weiches Haar, strich über seinen breiten Rücken und krallte die Finger in seinen Oberarm. In ihrem Herzen wirbelte ein Tornado herum, der das Blut durch ihre Adern peitschte, und in ihrem Magen führte ein kleines Männlein einen verrückten Tanz auf, sodass es in ihrem Bauch köstlich kitzelte. Seit langer Zeit fühlte sie sich richtig glücklich. Beinahe seit Markus' Ankunft hatte sie sich solch eine Szene ausgemalt, und nun war sie tatsächlich Wirklichkeit geworden.

Als er schlagartig zurückwich, blinzelte sie verwirrt. Hatte ihn eine Biene gestochen?

Schwer atmend und mit aufgerissenen Augen starrte er sie an.

»Was hast du?«, fragte sie.

Hektisch schob er sich sein Handy in die Hosentasche, griff nach dem Tablett und nahm die leere Flasche an sich. »Tut mir leid, ich weiß nicht, was über mich gekommen ist. Hab wohl zu viel Wein erwischt.«

Äh … was?

Er murmelte noch: »Gute Nacht«, und eilte ins Haus.

Markus ließ sie völlig atemlos und durcheinander zurück. Sie konnte ihm nur perplex hinterher starren und verstand die Welt nicht mehr. In einem Moment hatte ihn die Leidenschaft übermannt und im nächsten Augenblick suchte er fluchtartig das Weite.

Hatte sie etwas falsch gemacht?

Sie wollte den Fehler nicht schon wieder bei sich selbst suchen, so wie sie es bisher immer getan hatte, sondern erinnerte sich sofort an das, was er über seine Frau erzählt hatte. Markus' Herz hing immer noch sehr an Katja, und er hatte wohl zu spät bemerkt, dass er einfach noch nicht so weit war.

Hoffte sie.

Was, wenn es doch an ihr lag?

Eine Bewegung zu ihrer Rechten lenkte ihren Blick auf Kater Pino, der gemütlich angetrabt kam und sich über die Schnauze leckte. Er hatte wohl gerade gefressen.

»Hast du das gesehen?«, fragte sie ihn leise – schließlich lag Markus' Zimmer über dem Innenhof.

Pino erwiderte nichts, sondern sprang zu ihr auf den Schoß und rollte sich zusammen.

»Du kannst mir also nicht erklären, was mit dem Kerl los ist, hm? Du bist doch auch ein männliches Wesen. Behandelst du deine Ladys ebenfalls so? Erst heißmachen und dann abhauen?«

Pino gähnte herzhaft und begann zu schnurren, als sie ihn streichelte.

»Du kennst wohl nur schlafen, fressen und jagen«, beschwerte sie sich bei ihm. »Und pupsen!«

Uuuh, was für ein Stinker! Er hatte Glück, dass er so süß war.

»Als Dank wirst du auch noch gekrault. Im nächsten Leben komme ich ebenfalls als Marens Katze zur Welt, so viel steht fest.« Dann hätte sie das herrlichste Leben und müsste sich nicht mehr mit Männern herumärgern!

Sollte Eva ihre Freundin anschreiben und ihr erzählen, was gerade passiert war?

Lieber nicht. Maren hatte genug andere Sorgen.

Eva horchte in sich hinein, was sie sonst noch empfand außer grenzenloser Verwirrung. Nach Heulen war ihr zum Glück nicht zumute, wahrscheinlich, weil die Gefühle für Markus einfach zu frisch waren. Traurig war sie dennoch und auch ein wenig sauer, weil er sie im Ungewissen über seine Absichten ließ. Der Tag hatte so vielversprechend angefangen! Wie sollte sie sich denn jetzt Markus gegenüber verhalten? Die bisherige Zeit mit ihm war unglaublich schön gewesen, und sie wollte die Insel gerne weiter mit ihm zusammen entdecken.

Morgen, wenn sie beide wieder völlig nüchtern waren, sollten sie sich aussprechen. Hoffentlich kam er auf sie zu, denn sie wusste nicht, ob sie den Mut dazu aufbringen würde.

Kapitel 11

Freundschaft plus

Verdammt, was hatte ihn nur geritten? Eva musste sich völlig verarscht fühlen!

Aufgebracht marschierte Markus in seinem Zimmer umher und traute sich nicht, auf den Balkon zu gehen. Einerseits wollte er nachsehen, ob sich Eva noch auf der Terrasse aufhielt. Andererseits wollte er nicht, dass sie ihn in diesem Zustand erblickte.

Hoffentlich ging es ihr gut.

Gegenüber in Marens Wohnung brannte kein Licht, also saß sie wohl unten am Tisch … an dem sie gerade noch zusammen gesessen und sich perfekt amüsiert hatten.

Fuck!

Den ganzen Tag über hatte er sich ausgemalt, wie es sich anfühlen würde, Eva zu küssen, und nun benahm er sich total dämlich! Er genoss die Nähe zu ihr sehr. Sie war eine angenehme, unkomplizierte Person, mit der er Spaß haben konnte, ohne sich verstellen zu müssen. Leider hatte er etwas über den Durst getrunken … und es war einfach über ihn gekommen. Er hatte sich von der Situation hinreißen lassen, ohne über mögliche Konsequenzen nachzudenken.

Der Alkohol war allerdings keine Ausrede, sich wie ein Arschloch zu benehmen. Von solchen Typen hatte Eva mehr als genug in ihrem Leben gehabt. Er musste sich bei ihr entschuldigen und konnte nur hoffen, dass sie ihm verzieh.

Doch wie begann er das Gespräch, ohne sich nicht völlig zum Affen zu machen? Wie konnte er ihr seine bescheuerte Reaktion nachvollziehbar erklären?

Nach Katjas Tod hatte er sich geschworen, sich niemals mehr zu verlieben, damit er nie wieder solchen Schmerz erleben musste. Bisher hatte das auch prima funktioniert – und dann war Eva in sein Leben gepoltert. Er hatte sie nicht mehr aus dem Kopf bekommen und sich überhaupt nicht gegen ihre Anziehungskraft wehren können. Dass es zu einem Kuss kam, war im Grunde unvermeidlich gewesen. Schließlich forderte das ihre Situation geradezu heraus!

Sie befanden sich zu zweit in einer Traumkulisse – beinahe wie Schiffbrüchige auf einer einsamen Insel –, waren quasi im selben Alter, hingen den ganzen Tag zusammen herum, zeigten jede Menge nackter Haut, die Sonne lachte, das Essen war köstlich … Was daraus resultierte, kannte er zur Genüge aus Filmen. Aber dass ihm so etwas einmal selbst passieren könnte, hätte er nicht gedacht.

Markus seufzte tief und ließ sich aufs Bett plumpsen, um sich mit beiden Händen durch die Haare zu fahren. Er war eben auch bloß ein Mann, verflucht!

Es war aber nicht nur die körperliche Anziehung, die ihn zu Eva hintrieb. Es hatte sich auch verdammt schön angefühlt, wieder etwas mit einem Menschen zu unternehmen, den man mochte. Ihm ganz nahe zu sein. Ihn zu halten, zu riechen und zu schmecken. Sich einfach mal wieder wohlzufühlen, fallenzulassen.

Er mochte Eva sogar sehr! Und sie zu küssen, hatte die intensivsten Empfindungen in ihm hervorgerufen: Freude, Geborgenheit, Sehnsucht … Lust.

Doch plötzlich hatten ihn seine alten Ängste übermannt.

Er hob den Kopf und griff nach seinem Geldbeutel, der auf dem Nachttisch lag. Daraus zog er ein Foto von sich und Katja. Er trug es seit vielen Jahren bei sich, deshalb war es zerknittert und leicht vergilbt. Es zeigte sie beide in jungen Jahren, ein paar Monate bevor Jannik geboren worden war.

Mit dem Daumen strich er sanft über das Bild und betrachtete seine wunderschöne Frau. Wie sehr er sie geliebt hatte. Es verging kaum ein Tag, an dem er nicht an sie dachte.

Sie hatten ein gutes Leben geführt, mit mehr Höhen als Tiefen, bis das Schicksal sie hart gefickt und Markus schließlich seine ganz große Liebe verloren hatte.

Von der Zeit ihrer Chemo gab es kein einziges Bild von ihr. Sie hatte nicht blass, kränklich und ohne Haare fotografiert werden wollen. Markus wollte sie ohnehin lieber so in Erinnerung behalten, wie sie vor ihrer Therapie gewesen war: leidenschaftlich, lebenslustig und immer ein Lächeln auf den Lippen.

Kurz vor ihrem Tod hatte sie im Krankenhaus gelegen und ihren dünnen Arm zitternd nach ihm ausgestreckt. »Ich möchte nicht, dass du allein bleibst«, hatte sie kraftlos gewispert und ihn dabei sanft angelächelt. »Mein größter Wunsch ist es, dass du wieder glücklich wirst.«

Er war heulend wie ein Baby auf ihrem Bett zusammengebrochen, hatte sie in die Arme gezogen und sie angefleht, ihn nicht zu verlassen.

Doch der Krebs war stärker gewesen.

Unwirsch wischte er sich über die feuchten Augen und flüsterte: »Ich weiß nicht, ob ich wirklich schon bereit für eine andere bin, Kitkat.« Es ärgerte ihn, dass er solch ein Feigling war und seine Gefühle nicht zulassen wollte. »Eva ist wirklich klasse. Sie würde dir bestimmt gefallen.«

Dann sag ihr, dass sie klasse ist, vernahm er Katjas Stimme durch seinen Wirrwarr an Gedanken. Natürlich sprach sie nicht wirklich zu ihm, aber so etwas Ähnliches hätte sie ihm vielleicht empfohlen. *Und erkläre ihr doch einfach, wie es in dir aussieht …*

Wenn das nur so einfach wäre!

Markus zog sich aus und stellte sich unter die kalte Dusche, um einen kühlen Kopf zu bekommen. Als er Minuten später in den Schlafraum zurückkehrte und sich abtrocknete, brannte gegenüber Licht. Eva …

Hastig schlüpfte er in ein frisches T-Shirt und seine lange Stoffhose; anschließend riss er die Zimmertür auf und marschierte schnurstracks zu ihr, bevor er es sich wieder anders überlegte.

Keine drei Sekunden, nachdem er geklopft hatte, öffnete sie und trug noch dieselben Sachen wie zuvor. Zum Glück sah sie nicht aus, als hätte sie geweint.

Sie war viel stärker als er.

»Markus …« Perplex starrte sie ihn an. Offensichtlich hatte sie nicht mit ihm gerechnet. Dann grinste sie. »Du hast dein T-Shirt verkehrt herum an.«

Da ohnehin schon alles egal war und er sich bereits mehrmals an diesem Abend zum Vollhonk gemacht hatte, begann er ohne Umschweife, an ihrer Tür sein Inneres nach außen zu kehren: »Es tut mir leid wegen vorhin. Also nicht der Kuss, den fand ich unglaublich schön. Ich will nicht lügen, Eva, ich fühle mich stark zu dir hingezogen. Aber ich bin noch nicht wieder bereit für etwas Festes, und eine Urlaubsaffäre schwebt dir nach allem, was du gerade hinter dir hast, bestimmt nicht vor. Deshalb habe ich es lieber sofort beendet, bevor es richtig anfing. Ich will dir nicht auch noch wehtun. Können wir den Kuss einfach vergessen?«

Oh Mann, was hatte er gerade alles von sich gegeben? Die Hälfte hatte er vor Aufregung schon wieder vergessen.

»Danke für deine Offenheit.« Ihre Augen schienen plötzlich zu strahlen. »Mir geht es genauso wie dir. Ich fühle mich sehr zu dir hingezogen, und der Kuss war mehr als schön! Ich will mich aber auch nicht gleich wieder kopfüber in die nächste Beziehung stürzen, da ich an der alten noch knabbere. Doch …« Kurz senkte sie den Blick, während sich ihre Wangen röteten. »Von diesen schönen Küssen könnte ich trotzdem mehr vertragen.«

Er stutzte. Wollte sie damit etwa ausdrücken … Ja, irgendwie klang es danach, als wäre eine Affäre für sie okay!

Markus wusste, er musste endlich nach vorne blicken. Das Leben ging weiter. Er könnte diesen Urlaubsflirt als Probe sehen. »Ich will dich wirklich nicht verletzen, Eva«, sagte er behutsam. »Aber ich kann dir nicht mehr als unverbindlichen Spaß versprechen.« Oh Mann, er klang wie ein Arschloch.

Sie lächelte zittrig. »Etwas Unverbindliches wäre genau

nach meinem Geschmack.«

Sein Herz raste vor Aufregung. »Dann … bist du bereit für ein Abenteuer?«

»So was von bereit«, flüsterte sie, bevor sie einen Schritt auf ihn zumachte, die Arme um seinen Nacken schlang und ihn küsste.

Markus zog Eva an sich, weil er sie direkt an seinem Körper spüren wollte, und erwiderte ihren stürmischen Kuss. In ihr brannte ein Feuer, das lange nicht mehr geschürt worden war, und er wollte es richtig zum Lodern bringen. Allein sie zu küssen, ließ seine Glückshormone explodieren. Wie mochte sich dann erst der Rest anfühlen?

Markus war sehr erleichtert, dass sie die Sache zwischen ihnen genauso locker sah wie er, und konnte ihre Liebkosungen nun voll auskosten. Trotzdem … Auch wenn das zwischen ihnen lediglich eine Affäre mit jeder Menge heißen Spaß werden sollte, wollte er es langsam angehen lassen und in den vernachlässigten Empfindungen, die er nun endlich wieder auskosten durfte, schwelgen. Zu lange war er nicht mehr in den Genuss von Zärtlichkeiten gekommen.

Schwer atmend löste er sich von ihr und raunte: »Gute Nacht, wir sehen uns morgen zum Frühstück.«

»Schlaf gut«, sagte sie frech grinsend.

»Das werde ich«, antwortete er schmunzelnd und schwebte regelrecht zurück. Besser, er verließ sie jetzt, bevor er sie wie ein Höhlenmensch über die Schulter warf und in sein Zimmer trug.

Kapitel 12

Auf ein Neues

Eva hatte kaum geschlafen und bereitete in aller Frühe in Marens kleiner Küche Essen zu. Sie kam sich schäbig vor, weil sie Markus gestern angelogen hatte, während er ehrlich zu ihr gewesen war. Doch sie konnte diesem Mann einfach nicht widerstehen. Der erste Kuss auf der Terrasse hatte sie angefixt, der zweite, vor der Wohnungstür, hatte ihr bewusst gemacht, dass sie ihre Entscheidung nicht bereuen würde – solange es zwischen ihr und Markus andauerte.

Denn es stimmte nicht, dass sie die Trennung von Jens noch verarbeiten musste und sie lediglich eine Affäre wollte. In Wahrheit sah es in ihr ganz anders aus. Für sie würde es wohl in jeder Menge Herzschmerz enden, wenn sie sich noch mehr in Markus verliebte. Das, was sie für ihn fühlte, hatte sie in ihrem ganzen Leben noch für keinen Mann gefühlt, nicht mal für Jens.

Ihre große Hoffnung bestand darin, dass Markus am Ende seines Urlaubes dasselbe für sie empfinden würde wie sie für ihn.

Außerdem war sie froh, dass zwischen ihnen fürs Erste alles geklärt war und seine plötzliche Flucht nicht an ihr gelegen hatte. Sie würde die restlichen Wochen mit ihm einfach genießen und sich vor ihm nicht anmerken lassen, wie es wirklich um sie bestellt war.

Um acht Uhr klopfte er an die Tür und begrüßte sie sowohl mit einem dicken Grinsen als auch mit einem ausgiebigen Kuss.

»Hast du gut geschlafen?«, fragte er, als sie sich zum Frühstücken hinsetzten.

»Nicht so gut«, gestand sie ihm ehrlich.

Seine Brauen hoben sich. »Meinetwegen?«

»Ich war irgendwie zu aufgewühlt und … habe dich vermisst.« Oh Mann, sie fiel ja gleich mit der Tür ins Haus! Er sollte doch nicht merken, wie es um sie stand.

Sein Grinsen wurde noch breiter. »Dann sollten wir heute dringend etwas dagegen tun, oder?«

Ihr Gesicht brannte. Schnell griff sie nach ihrer Kaffeetasse und nippte daran. »Hmm«, machte sie. Bedeutete dies, dass sie die Nacht zusammen in einem Bett verbringen würden?

»Wollen wir zu dem Strand fahren, bei dem du mal mit Maren warst?«, fragte er, nachdem er sein Brötchen gegessen hatte, und deutete auf den Bildschirm seines Smartphones, auf dem sie die Karte von Sardinien erkannte. »Oder einen der Geheimtipps aus dem Internet erkunden? Ich habe eine ganze Liste mit Adressen.«

»Klingt fantastisch. Aber diese Tipps sind leider meistens völlig überlaufen. Maren hat mal zu mir gesagt: Die besten Schätze findet man auf Sardinien, wenn man sie selbst sucht. Vor zwei Jahren hat sie mir diesen superschönen Strand gezeigt, von dem ich dir erzählt hatte. Da sieht es aus wie in der Karibik, und wir waren ganz allein dort. Sie nannte ihn Diana Beach oder so ähnlich. Ich glaube, da würde ich wieder hinfinden – falls du es fernab von Trubel und Strandbars magst?«

»Zweisam ist immer gut.« Seine Augen funkelten vergnügt, doch es lag auch etwas Dunkles in seinem Blick.

In ihrem Magen kribbelte es. Sie nahm sein Handy und versuchte, die Stelle zu finden. »Hier, das müsste der Strand sein.« Sie deutete auf eine Bucht, die von ihnen aus über eine Schotterstraße zu erreichen war, die durch die Wälder führte. »Ein paar hundert Meter weiter ist ein öffentlicher Strand mit Restaurant.« Auf der Karte stand: Spiaggia del Pevero. »Dort könnten wir etwas essen oder trinken.«

»Wir können aber auch was mitnehmen«, raunte er ihr ins Ohr, bevor er es küsste.

Er wollte wohl wirklich ganz allein mit ihr bleiben. Ihr strapaziertes Herz vollführte wilde Hüpfer und ihre Ohrmuschel prickelte immer noch von der Berührung seiner Lippen. »Supi. Dann packen wir alles zusammen und nehmen die Fahrräder. Maren hat ein paar für ihre Gäste hinter der Gartenhütte stehen.«

»Ja, die kenne ich. Hab mir auch schon mal eins geliehen.«

»Oki, dann ziehe ich mich rasch um, und dann können wir von mir aus los.«

Sie räumten schnell ab, und nach einem weiteren heißen Kuss, der noch viel heißere Küsse versprach, ging er in sein Zimmer und ließ sie völlig atemlos zurück. Eva hatte in seinem Blick genau gelesen, wonach ihm wirklich der Sinn stand, und sie konnte es selbst kaum erwarten, seine Hände überall auf ihrem Körper zu spüren.

Hilfe, sie kam sich vor wie ein verknallter Teenager, vor dem noch sämtliche Entdeckungen lagen! Mit Markus fühlte sich alles an wie das erste Mal, weil er einfach zu gut war, um wahr zu sein.

Markus konnte es kaum erwarten, mit Eva allein zu sein. Das waren sie in der Pension zwar auch, doch sie hatten sich schließlich vorgenommen, die Insel zu erkunden, weshalb ihm ein menschenleerer Strand außerordentlich gelegen kam. Zudem gab es kaum etwas Schöneres, als eine bildhübsche Frau in traumhafter Kulisse zu verwöhnen.

In der Küche der Pension schmierte er schnell ein paar Brote, schnitt etwas Obst mundgerecht und steckte gekühlte Wasserflaschen in seinen großen Rucksack. Das waren zwar keine kulinarischen Köstlichkeiten, doch er konnte Eva auch auf andere Arten verwöhnen. Sie sollte sich bei ihm und mit ihm wohlfühlen. Wenn sie nur so kurze Zeit miteinander hatten, wollte er diese für sie beide so schön wie möglich gestalten.

Als sie zu ihm nach unten kam, trug sie einen ausladenden Sonnenhut sowie ein Strandshirt, durch das er die Form ihres Bikinis erahnen konnte. Ihren kleinen Rucksack hatte sie auch wieder dabei.

Aus Marens Gartenhütte holten sie einen Sonnenschirm sowie ein großes Strandlaken, auf dem sie beide nebeneinander liegen konnten. Außerdem fanden sie noch zwei

Schnorchelausrüstungen mitsamt Flossen. Markus packte alles in seinen großen Rucksack und auf ihre Gepäckträger, dann radelten sie los, wobei er sich den Schirm unter einen Arm klemmte.

Der unbefestigte Weg führte sie zwischen Pinien, Korkeichen und bizarren Felsformationen hindurch, woraufhin sich Markus fast wie in einer anderen Welt vorkam. Die meiste Zeit fuhren sie im einvernehmlichen Schweigen nebeneinander her und ließen sich den Fahrtwind um die Nase wehen. Es war schon wieder ziemlich warm für diese Tageszeit.

Da Marens Pension etwas abseits des allgemeinen Trubels lag, begegneten sie auf der Schotterstraße keiner Menschenseele. Nur ein paar Ziegen und Schafe kreuzten ihren Weg.

Der Traumstrand befand sich keine drei Kilometer entfernt. Ein paar Boote und kleine Jachten ankerten vor der Bucht im türkisblau schillernden Wasser, woraufhin Eva sofort ihr Handy zückte, um ein paar Bilder zu machen.

»Wow, du hast nicht zu viel versprochen«, sagte Markus erstaunt, als er ihre Räder zusammen an einen Baum kettete. Wie ein leuchtender Halbmond säumte schneeweißer Sand die flache Bucht, und in dem kristallklaren Wasser schien es keine Steine, Algen, Gräser oder andere Störenfriede zu geben, die das Postkartenpanorama verdarben. Winzige Wellen rollten ans Ufer, und sie beide waren tatsächlich die einzigen Menschen an Land.

»Wie aus dem Bilderbuch«, murmelte Markus, der sich sehr gut vorstellen konnte, mit Eva auf einer dieser Jachten zu liegen. Sie würden von Bucht zu Bucht schippern, und sie könnte jede Menge Bilder schießen.

Sie steckte ihr Smartphone ein und lächelte ihn an. »Ich hatte es nicht mehr so schön in Erinnerung.«

Am liebsten wollte er ihr erklären, dass er sie tausend Mal schöner fand als diesen Strand, aber das wäre wohl eine Spur zu kitschig. Außerdem durfte er nicht vergessen, dass sie sich auf eine Urlaubsaffäre geeinigt hatten.

»Hast du gewusst«, sagte er stattdessen, »dass Sardinien von einer Strömung umgeben ist, die keinen Müll anschwemmt? Deshalb sind die Strände so sauber. Außerdem gibt es hier noch ein gesundes Ökosystem und intakte Korallenriffe.«

»Wirklich?« Sie klemmte sich die Flossen unter den Arm. »Ich habe mich auch schon gewundert, warum die Ufer immer blitzblank aussehen, bei dem ganzen Abfall, der mittlerweile in den Weltmeeren umherschwimmt.«

Er schulterte seinen Rucksack und nahm den Schirm mit. »Habe ich zumindest im Internet gelesen.« Er hatte gestern auch nicht einschlafen können und noch stundenlang gesurft.

Sie suchten sich ein schönes Plätzchen am Strand – wobei im Grunde jeder Platz ideal war – und stellten den Schirm auf. Als sich Eva ihr Longshirt über den Kopf zog, musste Markus sie einfach anstarren. Sie trug einen türkisblauen Bikini, weshalb sie perfekt zur Umgebung passte.

»Wow, steht dir wirklich prima«, entfuhr es ihm unbedacht. Doch als sie »Danke schön« murmelte und er bemerkte, wie sehr sie sich über sein Kompliment freute, schalt er sich, dass er ihr nicht mehr davon machte. Ihr Ex hatte ihr wohl nicht gerade oft gezeigt, welch attraktive und begehrenswerte Frau sie war.

Mit hochroten Wangen erklärte sie ihm: »Den Bikini habe ich mir von Marens Fundsachen geborgt. Was die Gäste vergessen, hebt sie ein Jahr lang auf und spendet es dann.«

Bedeutete das, sie hatte sich für ihn hübsch gemacht? »Maren hat sicher nichts dagegen, wenn du ihn behältst.«

Eva grinste. »Das denke ich auch, aber ich werde sie trotzdem fragen.«

Hinter seinem Brustkorb zog es heftig. Er musste erst wieder lernen, welche Komplimente bei einer Frau gut ankamen. Auch wie man flirtete, wusste er nicht mehr. Doch das spielte zwischen Eva und ihm kaum eine Rolle. Sie verstanden sich blind und verpflichteten sich zu nichts. Zwischen ihnen war irgendwie alles leicht und unkompliziert.

Nachdem er das große Laken unter dem Schirm ausgebreitet hatte, setzte sich Eva darauf und reichte Markus eine Flasche Sonnencreme aus ihrem Rucksack. »Könntest du mir bitte den Rücken einreiben? Da bin ich vorhin nicht richtig hingekommen.«

»Klar«, antwortete er rau und räusperte sich. Jemanden einzucremen, hatte er lange nicht mehr gemacht. Zum Glück war das noch die leichteste Übung.

Er gab sich etwas Sonnenmilch in die Handfläche und massierte sanft Evas Schultern. Dort war sie bereits minimal gebräunt und auf ihrer Haut zeigten sich kleine Sommersprossen. Am liebsten wollte er jede einzelne küssen.

»Hmm, das tut gut.« Sie schnurrte beinahe wie ein Kätzchen, als sie ihr Haar anhob, das sie im Nacken zusammengebunden hatte, und er sagte schmunzelnd: »Du klingst wie Pino.«

»Dem habe ich heute ein bisschen mehr Futter gegeben, denn ich glaube, er vermisst Maren, und wir sind auch so selten da.«

Ein großes Herz hatte sie außerdem.

Markus verteilte die weiße Flüssigkeit großzügig. Mit einer Hand fuhr er unter die Träger und den Verschluss des Oberteiles, versucht, den Haken zu lösen. Es befand sich außer ihnen immer noch niemand am Strand; es würde sich keiner daran stören, wenn Eva nackt wäre, am wenigsten er.

Markus musste aufpassen, woran er dachte. Er wurde glatt hart, wenn er sich Eva völlig hüllenlos vorstellte. Seine Eva mitten im Paradies.

Er ließ sich Zeit und verteilte die Creme auch auf ihren Oberarmen. Dabei streichelte er sie zärtlich, und sie schien seine Berührungen geradezu aufzusaugen.

»Soll ich dich auch einschmieren?«, wollte sie wissen und warf ihm einen fast schon schüchternen Blick über die Schulter zu.

»Gleiches Recht für alle«, antwortete er, bevor er ihr die Flasche in die Hand drückte.

Sie begab sich hinter ihn, und als er ihre Hände auf seinem Rücken fühlte, unterdrückte er ein Stöhnen.

Zum Glück trug er etwas weitere Badeshorts und keinen engen Slip, ansonsten würde Eva sofort sehen, wie sehr ihn ihre sanften, kreisenden Berührungen gefielen. Zart strich sie über seinen Nacken, bevor sie ihm kräftig über die Arme rieb.

Markus stellte die Beine auf und grub die Zehen in den warmen Sand. Verdammt, wieso erregte es ihn, wenn sie ihn eincremte? Er war nun wirklich keine achtzehn mehr!

Weil du schon ewig nicht mehr verwöhnt worden bist, hörte er Katjas Stimme in seinem Kopf.

Fünf Jahre ohne Zärtlichkeiten waren eine kleine Ewigkeit, wenn man es früher gewohnt war, jeden Tag Liebkosungen zu bekommen. Eigentlich hatte er sogar noch länger keine richtige, körperliche Nähe mehr erfahren, wenn er die unendlich lange Therapiezeit dazuzählte. Katja war ständig müde sowie sehr erschöpft gewesen und hatte viel geschlafen. Trotzdem hatte seine Liebe zu ihr um keinen Deut nachgelassen.

»Wollen wir schnorcheln?«, fragte Eva dicht an seinem Ohr und riss ihn aus den trüben Gedanken. »Das Wasser sieht sehr verlockend aus.«

Und es war bestimmt kalt. »Ausgezeichnete Idee, ich könnte eine Erfrischung vertragen.« Das kühle Nass würde seinem kleinen Freund überhaupt nicht gefallen. Perfekt!

Da das Ufer über viele Meter flach abfiel, fühlte sich das niedrige Wasser relativ warm an, und Eva hatte offensichtlich keine Probleme, ins Meer zu gehen. Vielleicht wollte sie aber auch nur ihren Körper vor seinen Augen verbergen. Er bemerkte zwischendurch immer wieder ihre Unsicherheit.

Als sie bis zu den Knien im Wasser standen, zogen sie sich die Flossen an. Dabei stützte sich Eva an ihm ab.

»Du musst in die Brille spucken, dann läuft sie nicht an«, erklärte er ihr.

Sie grinste. »Ich weiß, ich war schon mal schnorcheln. Aber eine Frau spuckt nicht vor einem Mann in der Gegend herum.« Sie drehte ihm den Rücken zu, dann setzte sie sich die Taucherbrille auf.

»Ich sehe dich auch gerne von hinten an«, sagte er frech.

Sie spritzte ihn voll und schwamm davon.

Schnell schob er sich ebenfalls die Brille über Augen und Nase und folgte ihr.

Während sie zu den Klippen schwammen, die die Bucht einrahmten, wurde das ultraklare Wasser merklich kühler. Aber in der Nähe der Felsen gab es einfach mehr zu sehen. Knallrote Seesterne bildeten auf dem fast weißen Meeresboden einen wunderschönen Kontrast, vorbeiziehende Fischschwärme schillerten im Sonnenlicht, und Tintenfische schienen ihnen mit ihren Fangarmen zuzuwinken. Sie entdeckten auch farbenfrohe Korallen, Seeigel, die an den Felsen klebten, Muscheln, Krabben und Einsiedlerkrebse.

Eva deutete mal hierhin, mal dorthin, wenn sie etwas sichtete, und er wusste gar nicht, wohin er zuerst blicken sollte. Nur Eva – die konnte er immer ansehen. Ihre Silhouette wirkte im Wasser noch fraulicher. Sie gefiel ihm unglaublich gut.

Leider war das Meer zu dieser Jahreszeit ziemlich kalt, deshalb hielten sie es nicht allzu lange aus. Am flachen Ufer war das Wasser hingegen herrlich warm, weshalb sie noch eine Weile auf dem Bauch liegend bis zu den Schultern drin blieben und sich erzählten, was sie alles beobachtet hatten.

Danach streckten sie sich auf dem Handtuch aus, um sich trocknen zu lassen. Dabei überließ Markus ihr den Schatten. Er fühlte sich rundum wohl und schloss die Augen, während die Sonnenstrahlen auf seiner Haut prickelten. Da er nachts nicht viel geschlafen hatte, döste er ein bisschen und genoss es, als Eva ihm zärtlich durchs feuchte Haar fuhr. Danach strich sie mit den Fingerspitzen über sein Gesicht, die Brust und den Bauch, als würde sie jedes Detail seines Körpers erforschen wollen.

Verdammt, sein liebestoller Kumpel hatte nicht genug kaltes Wasser abbekommen, denn der war auf dem besten Weg, ein Zelt in seiner Hose zu errichten!

Als er Eva leise die Luft einziehen hörte, öffnete er die Augen. Sie hatte also entdeckt, wie es um ihn stand, und grinste ihn schief an.

»Allein deine Schuld«, sagte er genauso schräg lächelnd.

»Na ja, es gibt wirklich Schlimmeres«, murmelte sie, bevor sie sich über ihn beugte, um ihn zu küssen.

Markus zog sie auf sich, und sie knutschten minutenlang herum wie Teenager. Erst als sie bemerkten, dass sie nicht länger allein waren – ein junges Paar schlug in der Nähe das Lager auf – benahmen sie sich wieder wie zivilisierte Erwachsene und beließen es beim Händchenhalten und Angrinsen. Zudem redeten sie über alles, was ihnen gerade in den Sinn kam, und die Zeit verging wie im Flug.

Erst am späten Nachmittag fuhren sie zurück, wobei sie einen kleinen Umweg über den nächstgelegenen Ort machten, da sie noch etwas fürs Abendessen einkaufen mussten.

»Bleibst du bei den Rädern?«, fragte Markus, nachdem

sie vor einem kleinen Supermarkt gehalten hatten, und stellte seinen Rucksack daneben ab. »Ich kaufe uns schnell was für heute Abend.« Damit meinte er nicht bloß das Essen. Plötzlich gab es Dinge, über die er sich wieder Gedanken machen musste. Safer Sex und so. Zwar hatte er vor zehn Jahren bei sich eine Vasektomie durchführen lassen, weil Katjas und sein Kinderwunsch abgeschlossen gewesen war, und Eva hatte ihm erzählt, nicht schwanger werden zu können. Doch ungeplante Schwangerschaften waren nicht das Einzige, was es zu beachten galt. Im Grunde waren Eva und er immer noch Fremde, auch wenn sie nah dran war, seine neue Seelenverwandte werden zu können.

Diesen Gedanken sollte er sich jedoch schleunigst aus dem Kopf schlagen. Das hier war nur eine Affäre, mehr nicht.

Kapitel 13

Eine traumhafte Nacht

Eva freute sich, dass Markus auf der Terrasse den Grill anfeuerte, während sie in der Küche zwei Salate herrichtete. Zu grillen war eine hervorragende Idee! Er hatte für eine halbe Kompanie eingekauft, aber das machte nichts, dann blieb für die nächsten Tage auch noch etwas übrig.

Nachdem sie sich geduscht hatten, ließen sie es sich gut gehen, teilten sich diesmal nur eine Flasche Wein und tranken ansonsten Wasser. Bloß die Bäuche schlugen sie sich etwas zu voll. Da sie ohnehin zu viel übrig hatten, gaben sie Pino, dem maunzenden Bettler, ein paar Brocken ungewürztes Fleisch ab.

Als es schon fast ganz dunkel war und der Vollmond die Terrasse in malerisches Licht tauchte, saßen sie immer noch draußen. Die Nacht war unglaublich mild, und der Duft von wilden Blüten und Pinien lag in der Luft. Nebeneinander kuschelten sie sich auf einem gemütlichen Korbsofa zusammen und genossen die nächtliche Aussicht über das Meer.

»Weißt du, worauf ich schon den ganzen Tag Lust habe?«, fragte Markus mit rauer Stimme.

»Was?«, sagte sie atemlos, da sie die Antwort in seinem Blick las. Die Flammen des Feuerkorbes, der ihnen Licht spendete, spiegelten sich in seinen Augen und ließen Markus wie einen Dämon erscheinen.

»Nackt zu baden«, antwortete er breit grinsend.

Sie schmunzelte. Okay, sie hatte ein wenig daneben gelegen. »FKK wird auf dieser Insel bestimmt nicht gern gesehen.«

»Hier ist keine Menschenseele und es ist dunkel.« Er stand auf, um aus den Flipflops zu schlüpfen und sich das T-Shirt über den Kopf zu ziehen. »Traust du dich?«

Dieser Schlingel! Er wollte sie also nackt sehen – und was im Anschluss folgen würde, war klar. Also hatte sie doch recht gehabt. Außerdem hatte er heute Morgen schon beschlossen, dass sie zusammen in einem Bett schlafen würden.

Normalerweise ließ es Eva viel langsamer angehen, oder hatte das zumindest früher. Aber sie führten keine normale Beziehung, und die Uhr für ihre gemeinsame Zeit tickte unaufhörlich.

»Hmm«, machte sie schelmisch grinsend. »Du musst mich noch ein wenig mehr überzeugen.«

Prompt zog er sich die Hose samt Slip herunter und warf beides neben Eva auf das Sofa.

Frech wackelte er mit den Brauen. »Ist das nun ein überzeugendes Argument, oder nicht?«

Ach du liebe Güte! Sie hatte hingeguckt. Ihn nackt gesehen. In seiner vollen Pracht!

Das Nest aus dunklen Haaren hatte er ordentlich gestutzt, und alles in allem wirkte auch der Rest von ihm sehr ansprechend. Damit meinte sie nicht sein männliches Anhängsel – Penisse sahen für sie irgendwie immer ulkig aus –, sondern den ganzen Mann. Von den breiten Schultern verjüngte sich sein Oberkörper leicht bis zu den Hüften, danach folgten die langen, wohlgeformten und sanft behaarten Beine …

In ihren Augen war Markus ein Prachtkerl. Sie kannte wenige Männer, die in seinem Alter noch dermaßen attraktiv aussahen. Aber vielleicht hatte er auch nur diese Wirkung auf sie, weil sie sich auf den ersten Blick in ihn verguckt hatte.

»Hat es dir jetzt die Sprache verschlagen?«, fragte er süffisant und stemmte ungeniert die Hände in die Hüften.

Hilfe, sie starrte ihn immer noch an!

Sofort sprang sie auf. »Keineswegs, du hast mich überzeugt.« Als sie hastig aus ihrem Kleid schlüpfte, lachte er und half ihr beim Ausziehen, weil sich ihr Haar im Reißverschluss verfing. Darunter trug sie einen einfachen schwarzen Baumwollslip – sie hatte schließlich nicht damit gerechnet, sexy Unterwäsche zu brauchen! – und einen stinknormalen BH.

Sie drehte ihm den Rücken zu, weil der Mond für ihren Geschmack auf einmal zu viel Licht spendete und es ihr ein wenig peinlich war, dass Markus sie jetzt, mitten im Freien noch dazu, nackt sehen würde. Über die Schulter sagte sie: »Du musst vorgehen.«

»Okay.« Als er sich umdrehte, konnte sie nicht anders: Sie musste seine knackigen Pobacken inspizieren.

Schnell zog sie den Rest aus und folgte ihm die in den Felsen geschlagenen Stufen nach unten zum kleinen Strand. Im hellen Mondschein konnte sie alles gut erkennen – auch, dass unzählige Schalentiere über den Sand wuselten! Natürlich befand sich Pino ebenfalls hier, um den Krebsen und Krabben hinterherzujagen.

»Wir werden beobachtet!«, rief sie Markus zu, der sich gute zehn Meter vor ihr befand. Tausende winziger Augenpaare schienen sich auf sie zu richten, woraufhin sie erschauderte. Eva fand die Scherenarmee gruselig.

»Die sind alle nackt.« Mutig marschierte Markus bis zu den Knöcheln ins Wasser, und seine ungebräunten Pobacken leuchteten regelrecht im Mondlicht. »Gleiches Recht für alle.«

»Pino hat ein Fell!«

»Ich auch.« Er drehte sich um und strich sich grinsend über seine wenigen Brusthaare.

Unschlüssig blieb Eva auf der letzten Stufe stehen. »Das Krabbenregiment ist unheimlich.«

Markus kam auf sie zu, woraufhin die Tierchen in alle Richtungen davonstoben. »Ich kann dich auch bis zum Wasser tragen.«

»Da drin sind bestimmt genauso viele.«

Als er sie erreichte, blieb er vor ihr stehen, um die Arme um ihren Körper zu schlingen.

Lachend drückte sie gegen seine Schultern. »Bitte nicht! Ich finde die vielen Krebse wirklich schauderhaft.« Sie genoss es allerdings sehr, seinen warmen Körper an ihrer nackten Haut zu spüren. Wie immer duftete er unglaublich gut, nach einem Duschgel oder Parfüm und auch ein bisschen nach dem Rauch des Feuerkorbes.

Nach dem Strandbesuch hatten sie sich beide geduscht, jeder bei sich, wobei sie sich fast gewünscht hätte, sie würden zusammen in einer Kabine stehen. Natürlich hatte sie sich nicht getraut, das Thema anzusprechen.

Jetzt, im Halbdunkel, fühlte sie sich viel mutiger. »Ich schlage dir einen Kompromiss vor: Ich gehe mit dir duschen.«

Seine Augen wurden riesengroß. Prompt ließ er sie los, nahm sie an der Hand und marschierte mit ihr die Stufen nach oben.

»Was ist mit dem Feuer?«, rief sie, als sie an dem Metallkorb vorbeieilten. Die Holzreste glimmten nur noch, aber Eva hätte kein gutes Gefühl, sie den Rest der Nacht unbeaufsichtigt zu lassen.

Markus nahm ihre halbvollen Wassergläser und löschte damit die Glut, während Eva ihre und seine Kleidung zusammensuchte. Dann nahm er sie wieder an der Hand und führte sie durch die dunkle Pension bis zu sich hinauf aufs Zimmer. Dort schaltete er nur ein kleines Nachtlicht an, danach die Lampe im Badezimmer. Da drin war es taghell.

Er würde jedes Detail erkennen können.

Nun wurde es ernst.

Sie legte die Kleidungsstücke auf einen Stuhl und folgte Markus, der bereits das Wasser aufdrehte, in den Raum. Die gemauerte und mit hellen Fliesen versehene Duschkabine war bodenerdig und besaß keinen Vorhang, sodass zwei Personen gut darin Platz fanden. Sie zögerte jedoch, einzutreten.

Markus streckte ihr die Hand hin und sagte leise: »Ich bin keine Krabbe und zwicke nicht.« Während er sie mit glühendem Blick musterte, funkelte ein wenig Unsicherheit in seinen Augen auf. Für ihn schien die Situation mindestens genauso aufregend zu sein wie für sie.

Da Eva wusste, dass er nie etwas tun würde, was sie nicht wollte, stellte sie sich zu ihm unter die warme Regendusche.

Er zog sie an seinen Körper, und während das Wasser auf sie herab prasselte, streichelten und küssten sie sich. Seine feuchte Haut fühlte sich unglaublich weich an, und am liebsten wollte Eva darüberlecken. Am meisten gefiel ihr aber sein Knackarsch. Sie krallte ihre Finger in das feste Fleisch und massierte es.

Er wich ein Stück zurück, um sich Duschgel aus einem Wandspender in die Hand zu geben. Danach seifte er ihre Arme ein und fuhr kurz über ihre Brust.

Genussvoll schloss sie die Augen. Es fühlte sich sehr angenehm an, von ihm berührt zu werden, und er genoss ihre Liebkosungen offensichtlich auch, denn etwas Hartes drückte sich an ihren Unterleib.

»Du bist wunderschön«, raunte er immer wieder, während sie sich küssten, streichelten und gegenseitig wuschen.

»Ich finde dich auch sehr sexy«, antwortete sie ihm, woraufhin sie prompt fühlte, wie er noch härter wurde. »Nur werden uns bald Schwimmhäute wachsen.«

»Du hast recht.« Er drehte das Wasser ab, trat aus der Kabine und reichte ihr ein dickes, weiches Frotteetuch aus dem Regal. Dabei versuchte sie, nicht zu intensiv auf seine Körpermitte zu starren. Er war immer noch erregt!

Diesen wunderschönen Mann in diesem verletzlichen Zustand zu sehen, sorgte für ein sanftes Pochen in ihrem

Schoß. Himmel, sie fühlte sich lebendig wie nie!

Als er sich ein zweites Handtuch für sich selbst nahm, drehte er ihr den Rücken zu, bevor er sich damit abrubbelte und es sich anschließend um die Hüften schlang. Es war ihm wohl doch ein wenig peinlich, dass sie sehen konnte, wie sehr sie ihn erregte.

Eva gefiel es außerordentlich, welche Reaktionen sie bei ihm auslöste. Dadurch kam sie sich seit ewiger Zeit tatsächlich schön und begehrenswert vor.

Mit einem Blick auf die mit Muscheln verzierte Wanduhr, sagte er: »Lass uns zu Bett gehen. Ich habe gar nicht bemerkt, dass es gleich Mitternacht ist.«

Ihr Herz sprang ihr vor Aufregung fast aus der Brust. Würden sie miteinander schlafen? Sie wusste nicht, ob sie dazu wirklich schon bereit war. Viel lieber wollte sie einfach nur in seinen Armen liegen.

Sie hängte ihr feuchtes Duschtuch über einen Handtuchhalter und huschte ins schummrige Schlafzimmer, um dort in seinem Doppelbett sofort unter die kühlen Laken zu schlüpfen. In ihnen hing Markus' unvergleichlicher Duft, und prompt fühlte sie sich rundum wohl.

Markus ließ das Handtuch an, als er sich zu ihr gesellte und sie gleich wieder in die Arme zog. Während sie sich streichelten und küssten, fielen ihm ständig die Augen zu und er unterdrückte ein Gähnen. Ihr Herz schmolz vor Zuneigung. Er kämpfte darum, wach zu bleiben, um sie zu verwöhnen.

Der Tag war lang und heiß gewesen, und sie beide hatten zu viel Sonne abbekommen. Wäre Eva nicht so schrecklich nervös, würde sie sich längst im Land der Träume befinden.

»Wollen wir morgen mit der Kuschelstunde weitermachen?«, fragte sie schmunzelnd, wobei sie ihm zärtlich durch das feuchte Haar fuhr. »Ich glaube, wir sind beide ziemlich am Ende.«

Markus hob schwerfällig ein Lid und grinste. »Wir alten Leute brauchen unseren Schlaf, hm?«

»Wir sind eben keine achtzehn mehr«, antwortete sie spaßhaft.

»Da hast du recht.« Er holte sein Handtuch unter den Laken hervor, warf es vom Bett aus über den nächsten Stuhl und löschte am Nachttisch das Licht. »Allerdings finde ich es auch nicht schlecht, alles ein wenig gemütlicher angehen zu lassen. Zudem müssen wir niemandem mehr etwas beweisen.«

»Exakt«, antwortete sie rundum glücklich, bevor er sie wieder in die Arme zog und sie sich an seine Brust kuschelte. Am liebsten wollte sie für den Rest ihres Lebens genau so einschlafen. Da sie wusste, dass das nicht passieren würde, beschloss sie, jede Sekunde davon zu genießen. Das tat sie, bis die Müdigkeit sie übermannte.

Kapitel 14

Alte Geheimnisse

Am nächsten Morgen genoss Eva den Meerblick von der Terrasse und schoss ein paar Fotos mit ihrem Smartphone, während Markus hinter ihr das Frühstück herrichtete. Er hatte ihr verboten, ihm zu helfen, und ihr befohlen, sich zu entspannen. Immer wieder blickte sie über die Schulter, um ihn zu beobachten und heimlich zu knipsen. Das Morgenlicht eignete sich perfekt dafür.

»Nicht gucken!«, schimpfte er lächelnd, während er ein paar selbst gepflückte Blümchen in eine Vase steckte. »Ich sag dir Bescheid, wenn ich fertig bin.«

Sie fand es sehr romantisch, dass er ihnen ein Frühstück zubereitete und den Tisch schön deckte.

»Es fällt mir echt schwer, dich nicht anzuschauen«, antwortete sie schmunzelnd. »Außerdem sehe ich dir gerne beim Arbeiten zu. Aber da ich fair bleiben will, gehe ich runter zum Strand.«

»Mach das!«, rief er und eilte schon wieder geschäftig ins Haus.

Sie raffte ihr langes Kleid und spazierte gemütlich die Felstreppe hinunter, während eine sanfte Brise ihre Knöchel umspielte. Die gemeinsame Nacht war wunderschön gewesen, doch Eva hatte eher geschlummert denn geschlafen. Auch Markus schien immer wieder aufgewacht zu sein. Dann hatten sie sich gegenseitig gestreichelt, bis sie wieder müde geworden waren. Eva hatte es sehr genossen, in seinen Armen zu liegen, und war glücklich, dass er die Situation nicht ausgenutzt hatte. Welcher Mann würde sich solch eine Gelegenheit entgehen lassen?

Das zeigte ihr, dass er nicht nur auf Sex aus war. Vielleicht empfand er ja doch mehr für sie?

Die Hoffnung starb zuletzt!

Auf halbem Weg setzte sie sich auf eine Stufe, weil ihr Handy vibrierte. Maren hatte ihr geschrieben: *Schon wach, Urlauberin?*

Eva antwortete nicht, sondern rief sie direkt an, weil sie ihre Freundin sowieso noch etwas fragen musste. »Bin hellwach. Wie geht's dir und deiner Mama?«

»Die Therapie zerrt an ihr.« Maren gab ihr einen kurzen Überblick und wollte danach von Eva erfahren, wie es ihr ging.

»Großartig«, antwortete sie lächelnd. »Ist es okay, wenn wir deinen Wagen öfter nehmen? Ich tanke den Smart natürlich voll, bevor ich abreise.«

»Macht mit meinem Auto, was ihr wollt. Ich bin dir unendlich dankbar, dass du dich um Pino und meine Pflanzen kümmerst. Außerdem bin ich heilfroh, dass du nicht allein bist. Wie läuft es mit Markus?«

Da sie ihre beste Freundin auf keinen Fall anlügen wollte, murmelte sie: »Wir haben uns geküsst.«

Maren schwieg einen Moment, dann kreischte sie. Zum Glück hielt sich Eva das Telefon nicht ans Ohr!

»Ich will alle Details!«, rief Maren. »Wie ist das denn passiert?«

Eva grinste. »Wir saßen vorgestern gemütlich bei einem Wein zusammen, und dann hat er mich plötzlich gek…«

»Vorgestern?« Maren wirkte entsetzt. »Und das erzählst du mir nicht?«

»Es ist nichts Ernstes. Wir haben uns auf eine Urlaubsaffäre geeinigt, und ich genieße sie in vollen Zügen. Bisher haben wir auch nur gekuschelt.«

»Und was ist mit deinem Herz?«, fragte ihre Freundin leise.

»Markus tröstet mich perfekt über Jens hinweg.« Sollte sie Maren erzählen, wie es wirklich in ihr aussah?

Vielleicht ein andermal. Zwischen Markus und ihr war schließlich alles noch ganz frisch.

»Und was ist mit ihm?«, wollte Maren wissen. »Hat er dir erzählt, wie seine Frau gestorben ist?«

»Das hat er«, erwiderte sie leise und blickte nach oben zum Geländer der Terrasse, aber von Markus war weder etwas zu sehen noch zu hören. »Deshalb ist auch er noch nicht so weit, sich wieder zu binden. Er ist ehrlich, und das mag ich an ihm.«

»Dann genießt die Zeit.« Maren hörte sich sehr erfreut an. »Und ich möchte über alle Fortschritte sofort ein Update!«

Eva lachte. »Bekommst du.« Es erleichterte sie sehr, dass Maren ihr nicht böse war, weil sie etwas mit ihrem Steuerberater angefangen hatte.

Nachdem sie ihr Gespräch beendet hatten, blickte Eva nachdenklich auf den weißen Sandstrand, der tagsüber nicht so gruselig aussah wie letzte Nacht, als unzählige Krabben darüber gelaufen waren. Was würde der heutige Tag bringen? Würde sie sich noch mehr in Markus verlieben?

Bestimmt …

Eine Reflexion am Ufer lenkte ihren Blick nach unten. Es sah aus, als würde Glas im Meer liegen, genau zwischen zwei kleineren Felsen im seichten Wasser.

Eva erhob sich und schritt die Treppe ganz hinunter. Sie würde die Scherbe lieber aufsammeln, bevor sich noch jemand daran verletzte. Wären sie letzte Nacht ins Meer gegangen, hätte sich einer von ihnen den Fuß aufschneiden können!

Sie schlüpfte aus ihren Schlappen und tapste zu der Stelle, überrascht, eine verkorkte Flasche vorzufinden. Sie war von außen leicht vergilbt und mit Algen bewachsen. Als Eva sie zwischen den Steinen herauszog, fühlte sie sich leicht an, so als wäre sie leer.

Während sie zum Strand zurückging, glaubte sie, in der Flasche ein zusammengerolltes Blatt zu erkennen.

»Das Frühstück ist fertig«, sagte Markus, der leichtfüßig zu ihr nach unten eilte.

»Möglicherweise habe ich eine Flaschenpost gefunden!« Stolz hob sie das Gefäß hoch.

»Wie spannend! Mach sie auf!«

Sie drehte an dem feuchten Korken, rutschte aber immer ab, weil er nur ein kleines Stück herausschaute. Deshalb reichte sie Markus die Flasche. Aber auch er schaffte es nicht.

»Der sitzt wirklich ganz schön fest. Ich hole einen Korkenzieher.« Er gab sie ihr zurück und sprintete nach oben.

Eva machte sich ebenfalls an den Aufstieg, und als sie den gedeckten Tisch erblickte, zog es beinahe schmerzhaft hinter ihrem Brustbein. Er hatte sich viel Mühe gegeben und alles stilvoll zusammengestellt. Das türkisfarbene Geschirr aus der Pensionsküche bildete einen wundervollen Kontrast zu der weißen Tischdecke, den zusammengerollten rosa Stoffservietten und den Blümchen. Rundherum hatte er jede Menge Leckereien aufgetischt: aufgebackene Brötchen, die so lecker dufteten, dass ihr das Wasser im Mund zusammenlief, geschnittenes Obst, Tomaten, Gurken, Oliven, Schinken … Für jeden Geschmack war etwas dabei.

Das hatte er anscheinend alles gestern gekauft, denn er war mit drei Tüten aus dem Supermarkt gekommen. Sie hatte nicht hineingesehen, da er darauf bestanden hatte, alles selbst auszuräumen. Nun wusste sie auch, warum.

»Markus, das ist wundervoll«, erklärte sie ihm strahlend, als er mit dem Korkenzieher zu ihr zurückkam. »Du hast dich selbst übertroffen.« Sie umarmte ihn, um ihm einen Kuss auf die Wange zu drücken. »Du bist ein Schatz!«

Verdammt, das war ihr herausgerutscht.

»Freut mich, dass es dir gefällt.« Er blickte sie kurz ein wenig nachdenklich an und nahm ihr die Flasche aus der Hand, kaum hatte Eva ihn losgelassen.

Der Korken zerbröselte, als Markus ihn herauszog, und er kippte die Flasche, um vorsichtig das zusammengerollte Papier herauszuholen. Dann gab er es Eva. »Du hast sie gefunden, also gehört der große Moment dir.«

Behutsam rollte sie das Schriftstück auf. Das Papier fühlte sich leicht feucht an und die handgeschriebenen, schön geschwungenen Buchstaben waren ein bisschen verschwommen, aber gut lesbar.

»Was steht da?«, fragte Markus.

»Ich weiß es nicht.«

Er stellte sich neben sie und runzelte die Stirn. »Ist das Italienisch?«

»Für mich sieht es eher spanisch aus, aber ich habe keine Ahnung. Doch sieh dir das Datum an! Der Text ist über siebzig Jahre alt!«

»Wow, da ist dir ein wahrlich interessanter Fund gelungen. Jetzt bin ich noch neugieriger.«

Vorsichtig rollte sie das Papier zusammen, legte es auf den Tisch und setzte sich. »Ich werde die Zeilen später abtippen und automatisch übersetzen lassen. Zuerst möchte ich mit dir frühstücken, bevor die Brötchen kalt werden.« Auch wenn sie darauf brannte, den Inhalt zu erfahren, war ihr Markus sehr viel wichtiger.

Er schien sich über ihre Aufmerksamkeit ehrlich zu freuen, weil ein verschmitztes Lächeln seine Lippen umspielte, woraufhin ihr Herz schon wieder wild klopfte.

Während sie beide herzhaft zugriffen, unterhielten sie sich wie an jedem Morgen über ihre Tagespläne. »Was willst du heute machen?«, fragte er.

»Vielleicht etwas im Landesinneren ansehen?«, schlug sie vor. »Es soll die meiste Zeit bewölkt sein.«

»Bin dabei. Ich habe eine ganze Liste mit interessanten Orten. Aber lass uns zuerst diesen Text übersetzen.«

Eva grinste. »Sie sind sehr neugierig, Herr Steuerberater. Also schön ...« Sie legte ihr Smartphone auf den Tisch und begann, die Wörter Buchstabe für Buchstabe in ein Textverarbeitungsprogramm zu tippen, während sie ihr letztes Brötchen aufaß. Sie speicherte alles, gab ein paar Worte in den Browser ein, um herauszufinden, um welche Sprache es sich handelte, und sagte erstaunt: »Das ist Sardisch! Die Flasche wurde wohl von dieser Insel ins Wasser geworfen.«

»Ich hatte keine Ahnung, dass auf Sardinien mal eine andere Sprache gesprochen wurde.«

»Noch wird!« Sie versuchte, mehr darüber herauszufinden, und las vor: »Sardisch besteht aus mehreren Dialekten, die in verschiedenen Regionen auf Sardinien gesprochen werden und zusammen die sardische Sprache bilden. Sie ist kein italienischer Dialekt, sondern sogar älter als Italienisch, wenn man den ersten schriftlichen Aufzeichnungen glauben kann. Sardisch kommt dem Lateinischen am nächsten, enthält aber auch viele noch ältere Begriffe. Einige Wörter stammen aus dem Paläo-Sardischen und dem Phönizisch-Punischen. Die Sprache gilt als stark gefährdet, da sie so gut wie keiner mehr schreibt und auf Sardinien von immer weniger Menschen gesprochen wird.«

Markus rutschte mit seinem Stuhl neben sie, um mit auf den Bildschirm schauen zu können. »Wow, wieder was gelernt.«

Schnell suchte sie ein Übersetzungsprogramm – es war gar nicht so einfach, eines zu finden – und kopierte dort alle Sätze aus dem Brief hinein. Dann las sie erneut vor: »Diese Worte sind an unsere Freunde und Familien gerichtet, auch wenn sie diese wahrscheinlich niemals zu sehen bekommen werden. Doch wir haben uns nicht getraut, einen Brief zu hinterlassen, um keine Schande über unsere Familien zu bringen und die alte Fehde nicht noch zusätzlich zu schüren. Dennoch müssen wir uns diese Last von der Seele schreiben und wählen diesen Weg, in der Hoffnung, dass uns die Muttergöttin mit offenen Armen empfangen wird, wenn wir die Wahrheit aussprechen.«

»Eine alte Fehde«, flüsterte Markus ehrfurchtsvoll. »Jetzt wird es spannend.«

»Wir sind Andria und Giuanna«, las sie weiter, »zwei junge Frauen aus einem kleinen Dorf im Norden von Sardinien, und wir lieben uns von ganzem Herzen und aus tiefster Seele. Da wir niemals zusammen sein dürfen und unsere Mütter bereits unsere Ehemänner ausgesucht haben, wählen wir lieber den Freitod, als ein unglückliches Dasein ohne einander zu fristen.

In ewiger Liebe und bis über den Tod hinaus verbunden,

Andria und Giuanna.«

Eva legte das Handy auf den Tisch und wisperte: »Das waren die letzten Worte eines tragischen Liebespaares. Die beiden Frauen haben sich umgebracht, weil sie zu ihrer Zeit nicht zusammen sein durften.«

Markus nickte bedächtig. »Vor siebzig Jahren haben die Uhren leider noch anders getickt. Aber wir wissen nicht, ob sie wirklich den Tod gewählt haben.« Er nahm ihr Telefon, um den Text noch einmal zu überfliegen. »Schade, dass da nicht mehr über diese Fehde steht.«

»Ihr Männer braucht immer Action, was?«, sagte sie schmunzelnd. »Ich rufe Maren an. Sie lebt bereits lange hier. Womöglich hat sie schon mal was von den beiden gehört.«

»Und über die Fehde.« Markus grinste. »Jetzt bin ich echt gespannt.«

Eva wählte, und prompt ging Maren dran. »Gibt es Neuigkeiten?«, platzte ihre Freundin sofort heraus, ohne sie zu begrüßen.

Schlagartig erhitzte sich Evas Gesicht. Markus wusste schließlich nicht, dass Maren über sie beide im Bilde war und sie vorhin erst miteinander gesprochen hatten. »Stell dir vor, wir haben eine Flaschenpost gefunden!«, warf sie schnell ein, bevor sich ihre Freundin verplapperte. »Markus ist hier und hört mit.«

»Hallo, Maren«, sagte er. »Eigentlich hat Eva die Flaschenpost allein entdeckt.«

»Hi!«, rief sie überschwänglich. Eva wusste genau, dass sich Maren gerade imaginär in den Hintern biss, weil sie so unvorsichtig gewesen war.

Eva erzählte ihr, was in dem Brief stand, und fragte sie, ob sie schon einmal etwas von den beiden Frauen gehört hatte.

Als Maren antwortete: »Das habe ich tatsächlich«, überschlug sich Evas Puls vor Aufregung.

»Spann uns nicht auf die Folter!«, rief sie.

»Die Geschichte ist auf Sardinien ziemlich bekannt, denn der Tod gab den Behörden damals Rätsel auf. Niemand konnte sich erklären, warum die beiden von den Klippen gesprungen sind.«

»Also haben sie sich tatsächlich umgebracht?«

»Ja, leider, im Norden der Insel«, erklärte ihnen Maren. »Ihre Körper zerschellten auf den zerklüfteten Felsen. Die beiden waren sofort tot. Es wurde vermutet, dass die Familien der jungen Frauen etwas damit zu tun hatten, denn die waren über Generationen verfeindet. Nachweisen konnte ihnen aber niemand etwas.«

»Weißt du etwas über diese Fehde?«, warf Markus ein.

»Ursache waren wohl Streitereien über Ländereien. Aber die jungen Frauen wählten nicht deshalb den Freitod, sondern weil sie nicht miteinander befreundet sein durften. So lautet zumindest die offizielle Begründung. Danach haben die Familien so etwas wie einen Waffenstillstand geschlossen, damit nie wieder solch ein schlimmes Unglück geschehen sollte.«

Markus fuhr sich seufzend über das Gesicht. »Dann hat ihr Tod, so makaber das klingt, auch etwas Gutes bewirkt.«

»Ja, sehr tragisch«, sagte Maren. »Aber dieser Brief scheint nun die wahren Hintergründe aufzudecken. Unglaublich, dass du diesen Fund gemacht hast, Eva!«

»Ja, ein wirklich seltsamer Zufall«, murmelte sie. Hoffentlich hatte diese Entdeckung nichts zu bedeuten. Ein bisschen glaubte sie an schicksalhafte Fügungen, Vorhersehungen und Omen. »Hatten die beiden Frauen denn keine Angst, für ihre Sünde im Fegefeuer zu landen? Mir ist aufgefallen, dass es hier viele Kirchen und Marienstatuen gibt. Die Sarden sind wohl sehr gläubig.«

»Die meisten sind tatsächlich Katholiken. Aber eine sehr alte, matriarchalische Kultur ist bei vielen älteren Sarden bis heute fest verwurzelt. Sie glauben an die *Dea Madre*, was dein Programm mit Muttergöttin übersetzt hat, und somit an ein Leben nach dem Tod und an Wiedergeburt.«

»Das erklärt, was die Frauen gemeint haben. Wirklich tragisch.« Nachdenklich strich Eva über die Flasche, die siebzig Jahre lang im Meer verschollen gewesen war. »Vielen Dank, Maren. Ich bin froh, dass du uns so viel über die Sache erzählen konntest.«

»Ihr solltet den Brief zur Polizei bringen«, schlug ihre Freundin vor und erklärte ihnen, wo sich die nächste Dienststelle befand. »Geht zu Commissario Parisi, den kenne ich persönlich.«

»Aha«, sagte Eva in diesem gewissen Tonfall, der bedeutete: Erzähl mir die Details, die mich wirklich interessieren.

Maren lachte. »Er ist einfach nur ein guter Bekannter. Wir haben uns zufällig kennengelernt, als ich mit dem Wagen wegen einem Platten liegen geblieben bin und er mir geholfen hat. Seit er weiß, dass ich die Pension leite, kommt er ab und zu auf einen Kaffee vorbei, um zu sehen, ob hier alles in Ordnung ist.«

»Er ist also wirklich nur ein Bekannter?«, fragte Eva grinsend.

Maren lachte leise. »Ich erzähle dir ein andermal die langweiligen Details.« Sie diktierte ihr eine Nachricht aufs Chatprogramm, die Eva Commissario Parisi vorspielen sollte. Darin erklärte sie dem Polizisten auf Italienisch alles, was sie selbst gerade erfahren hatte. Wie gut, dass ihre Freundin diese Sprache fast perfekt beherrschte! So kam es auf der Dienststelle erst gar nicht zu Unklarheiten.

Nachdem sich Markus und sie von Maren verabschiedet und den Tisch abgeräumt hatten, machte Eva in Marens Büro von dem Brief eine persönliche Kopie für sich als Andenken sowie mit dem Smartphone ein paar Fotos von der Flasche, bevor sie mit Markus zur Polizeidienststelle fuhr. Hoffentlich war die Entdeckung über die tragische Liebe der beiden Frauen kein schlechtes Vorzeichen für die Chance auf ein zweites Glück für sie beide.

Kapitel 15

Völlig neue Gedanken

Markus begleitete Eva selbstverständlich zur Dienststelle und übernahm wieder das Fahren, während sie aufgeregt die Flasche hielt und ihm mitteilte, wo er abbiegen musste. Eine Viertelstunde später erreichten sie ihr Ziel, und Commissario Parisi, der sich in ihrem Alter befand, hörte sich mit einem sanften Lächeln auf den Lippen Marens Nachricht an. Markus vermutete, dass der Mann doch etwas mehr als nur Freundschaft für Maren empfand.

Der Polizist war ihnen sehr dankbar, dass sie zu ihm gekommen waren – sie unterhielten sich auf Englisch –, und nahm ihre Daten auf. Als Eva wissen wollte, wo genau sich der Unfall ereignet hatte, zeigte er ihnen auf einer großen Wandkarte die Stelle etwas weiter nördlich von hier.

Sie verabschiedeten sich, und Commissario Parisi bat sie, Maren schöne Grüße von ihm auszurichten, bevor sie das Gebäude verließen.

Auf dem Weg zum Parkplatz sagte Eva: »Hast du gesehen, wie der Kommissar beim Abhören der Nachricht gelächelt hat? Ich glaube, er mag Maren sehr gerne.«

Markus schmunzelte. »Genau dasselbe habe ich mir auch gedacht.«

»Und er macht in seiner Uniform eine wirklich gute Figur.«

Sie nahm andere Männer in Augenschein?

Vor dem Auto fiel sie ihm lachend um den Hals. »Schau doch nicht so arm.« Sie strich ihm am Nacken durchs Haar und drückte ihm einen Kuss auf die Lippen. »Du machst auch ohne Uniform eine sehr gute Figur.«

In seinem Magen kribbelte es, während er sie an sich zog und grinsend an ihrem Mund raunte: »Solch ein schönes Kompliment hat mir noch keine Frau gemacht.«

Ihr glockenreines Lachen verstärkte das Prickeln in seinem Magen. Markus fühlte sich auf Sardinien und an Evas Seite wie in einer anderen Welt, einem anderen Leben, so weit weg von seinem Alltag in Deutschland.

Als sie ihn losließ und sie einstiegen, fragte sie: »Wollen wir mal zu der Stelle fahren, an der sich die Frauen das Leben genommen haben?«

»Können wir machen.«

»Ich würde den beiden Seelen gerne gedenken und ihnen sagen, dass ich ihre Nachricht gefunden habe. Klingt das seltsam?«

»Gar nicht«, raunte er und erzählte ihr besser nicht, wie oft er versucht hatte, mit Katja nach ihrem Tod Kontakt aufzunehmen. Er hatte mit ihr geredet und gehofft, irgendwelche Zeichen von ihr zu empfangen, irgendwelche Hinweise zu erhalten, dass sie noch bei ihm war und ihm zuhörte. Leider war das nie geschehen.

Er startete den Smart und ließ sich erneut von Eva lotsen. Ihr Ziel befand sich gar nicht so weit weg von der Pension. Die Flasche hatte also nur eine kurze Strecke zurückgelegt.

Im Norden zeigte sich die Insel noch wild und natürlich mit einem tosenden Meer, schroffen Klippen und einem kräftigen Wind. Hellgraue Wolken zogen über den Himmel und verdeckten die meiste Zeit die Sonne. Sie kamen an einer Ortschaft vorbei, die direkt an die steilen Hänge gebaut worden war, sodass es aussah, als hätte jemand die Häuser an die Felsen geklebt.

Besagte Klippe lag etwas Abseits der letzten Siedlung, an der sie vorbeigefahren waren, und in der Nähe eines Leuchtturmes. Markus parkte den Wagen am Straßenrand, und sie gingen das restliche Stück hintereinander einen schmalen Trampelpfad entlang durch den Wald bis zu einem Felsplateau, auf dem sie eine tolle Sicht über das Meer und auf eine kleine Nachbarinsel hatten.

»Sieh nur.« Eva deutete auf einen Gedenkstein, auf dessen Sockel ein marmorner Engel stand.

Offenbar hatten die Familien der beiden Frauen dieses Mal errichten lassen. Die Inschrift konnte Markus kaum noch entziffern, denn der Zahn der Zeit sowie die rauen Wetterbedingungen hatten Spuren hinterlassen. Doch die Namen Andria und Giuanna waren gut zu erkennen.

Eva pflückte ein paar Wildblumen und legte sie vor den Stein. Dann stellten sie sich an den Abhang, und Eva sagte ehrfürchtig: »Hier ist es also passiert. Es geht bestimmt hundert Meter in die Tiefe.« Sie griff nach seiner Hand und beugte sich vor, um über den Rand zu sehen.

Markus blieb einen Schritt zurück und hielt ihre Hand ganz fest. »Pass auf. Die Kante könnte nachgeben.«

Zu seiner Erleichterung trat sie sofort zurück und murmelte: »Oh Gott, ist das hoch! Wie verzweifelt müssen die beiden gewesen sein, dass sie dort hinuntergesprungen sind.«

Dasselbe hatte sich Markus auch gerade gedacht.

Was war den beiden Frauen in ihren letzten Minuten durch den Kopf gegangen? Waren sie gemeinsam gesprungen? Bestimmt hatten sie geweint, als sie hier standen und sich an den Händen hielten.

Wenn er selbst am Ende von Katjas Krankheit gemeinsam mit ihr hier oben gestanden hätte … Wäre er mit ihr gesprungen?

Er war damals so ungemein verzweifelt und traurig gewesen, dass er es vielleicht getan hätte – wäre Jannik nicht gewesen. Er hatte seinen Vater gebraucht und Markus ihn.

Schweigend starrte er mit Eva auf die schäumenden Wellen, die unter ihnen gegen die Felsen donnerten, und der Wind trug ein paar feine Tropfen der Gischt bis zu ihnen herauf.

Während Markus unentwegt ihre Hand hielt, wurde ihm wieder einmal bewusst, wie endlich ihr Dasein war und wie schnell alles vorbei sein konnte. Im Grunde sollte er jeden Tag genießen, als wäre es der letzte. Er war nicht mehr der Jüngste, aber auch noch nicht alt genug, um das Leben nicht mehr genießen zu können. Gerade stand eine Frau neben ihm, die ihm zeigte, wie sehr es sich lohnte, Zeit mit einem Menschen zu verbringen, den man mochte.

Eva gefiel ihm immer besser, und bis jetzt gab es nichts, was ihn an ihr nervte. Sie war beinahe zu gut, um echt zu sein, und dennoch war sie hier, bei ihm. Er fühlte sich wie in einem schönen Traum. Plötzlich konnte er sich vorstellen, mit ihr einen neuen Abschnitt zu beginnen.

Bei diesem Gedanken wummerte sein Herz wild, und er drehte ihr das Gesicht zu. Sie hielt die Augen geschlossen, während der Wind ihr Haar durcheinanderwirbelte.

Gott, sie war unglaublich schön! Durfte er von einer gemeinsamen Zukunft träumen?

Eva müsste zu ihm ziehen, sofern sie beide keine Wochenendbeziehung pflegen wollten, denn er konnte seine Kanzlei in Düsseldorf nicht aufgeben. Doch er wollte nicht von ihr verlangen, für ihn ihr Leben umzukrempeln.

Herrje, was machte er sich überhaupt für Gedanken? All diese Fragen stellten sich ohnehin nicht, denn Eva fühlte sich noch nicht bereit für mehr. Das hatte sie deutlich klargemacht, als sie in ihre »Affäre« eingewilligt hatte.

Sie öffnete die Lider und lächelte ihn sanft an. »Ich habe den beiden gesagt, falls sie wiedergeboren werden, sollen sie sich diese Zeit aussuchen. Jetzt dürfen sie auf Sardinien zusammen sein.«

»Du bist zu gut für diese Welt«, raunte er, wobei er sich erinnerte, was er gerade über sie gedacht hatte, und gab ihr einen schnellen Kuss.

Während sie zum Wagen zurückgingen, sagte sie: »Nachdem ich durch den Abschiedsbrief von der Muttergöttin gehört habe, hätte ich Lust, mehr über die alten Religionen und die frühere Kultur zu erfahren.«

»Auf der ganzen Insel verteilt gibt es Jahrtausende alte Kultstätten und prähistorische Turmbauten, Menhire, Brunnenheiligtümer und Rundgräber. Sollen wir uns so etwas ansehen?«

»Oh ja, das klingt spannend. Wie ich merke, bist du bestens informiert.«

»Hab mich vorbereitet.« Er grinste. »Ich lese gerne Reiseblogs.«

Sofort zückte er sein Smartphone, um die nächste Grabungsstätte rauszusuchen, doch auf der Klippe bekam er leider keinen Empfang.

Erst nachdem sie eingestiegen waren, funktionierte die Verbindung wieder.

Sie fuhren sowohl an der Küstenstraße entlang als auch durch das Landesinnere in Richtung Westen. Zwischendurch machten sie Stopps, besuchten die Ausgrabungsstätte eines alten Altars, besichtigten ein Stück weiter ein Römerkastell, danach ein Gigantengrab und zum Schluss eine Nuraghe. Alle paar Kilometer warteten faszinierende, prähistorische Überreste auf sie.

Die Nuraghen – gewaltige Steinbauten – fand Markus am imposantesten. Diese hier sah aus wie eine kleine Burg mit drei Rundtürmen. Laut einer Hinweistafel sollte es auf Sardinien mehrere tausend Nuraghen aus der Kupfer- und Bronzezeit geben. Da die sardischen Vorfahren fast alles nur mittels Sprache überliefert hatten, wusste man bis heute nicht sicher, welchen Zweck diese Bauten erfüllt hatten. Waren sie Kultstätten, Befestigungskomplexe, Wachposten, Grabanlagen, Lager oder Behausungen gewesen? Wahrscheinlich je nach dem, wozu sie gebraucht worden waren: Die einen boten Schutz vor Wetter und Feinden, andere waren Treffpunkte eines Stammes oder einer Dorfgemeinschaft, wieder andere waren einmal bewohnt gewesen.

Nuraghen gab es in baulicher Vielfalt: kleine, große, ganze Komplexe oder Dörfer, Nuraghen mit nur einem Turm oder mehreren; es existierten sogar nuraghische Heiligtümer, Brunnen und Tempel …

»Dieses Wort werde ich mein Leben lang nicht mehr vergessen«, sagte Eva grinsend, als sie zum Auto zurückgingen. »Nuraghe, Nuraghe, Nuraghe …«

Markus würde ihre leuchtenden Augen nie vergessen sowie ihre Neugier und die Begeisterung, mit der sie Fotos gemacht hatte.

Während der Fahrt zurück suchte sie ihnen im Landesinneren ein typisch sardisches Restaurant heraus, in dem sie anschließend sehr gut aßen. Als sie am frühen Abend die Pension erreichten, erwartete sie ein maunzender und halb verhungerter Pino, der zuerst sein Fressen haben und danach ordentlich geknuddelt werden wollte.

Der Tag mit Eva war wieder einmal wunderschön gewesen, doch heute wollte er auch die Nacht zu etwas Besonderem machen. Markus konnte es kaum noch erwarten, ihr ganz, ganz nahezukommen und schließlich neben ihr einzuschlafen. Er war viel zu lange einsam gewesen, deshalb saugte er diese Gefühle geradezu auf, ja, er wurde regelrecht süchtig nach Nähe und Geborgenheit.

Der Entzug würde verdammt hart werden, das wusste er jetzt schon.

Kapitel 16

Wein und Kerzenschein

Da Markus gesagt hatte, er wolle noch mit seinem Sohn telefonieren, zog sich Eva in Marens Wohnung zurück, duschte und schlüpfte in ein langes, dünnes Kleid. Markus und sie waren fast ununterbrochen zusammen gewesen. Bestimmt brauchte er ein wenig Abstand. Sie, hingegen, vermisste ihn jetzt schon.

Verflucht, das bedeutete, dass sie total in ihn verknallt war!

Er hatte gemeint, sie könne in einer Stunde zu ihm kommen, wenn sie möchte.

Und wie sie das wollte!

Weil noch ein bisschen Zeit war und bevor sie vor Aufregung begann, in ihren Haaren zu drehen, schrieb sie erst Maren, ob es bei ihr etwas Neues gab, danach erzählte Eva ihr, wie ihr eigener Tag verlaufen war. Anschließend suchte sie im Internet nach weiteren Informationen zu Andria und Giuanna. Leider fand sie nichts. Die ganze Tragödie hatte sich eben ereignet, lange bevor das Internet geboren gewesen war. Vielleicht würde sie etwas in Zeitungsarchiven finden. Aber da Eva weder Italienisch noch Sardisch sprach, machte es keinen Sinn, in dieser Richtung weiterzuforschen. Und im Grunde hatte sie alle wesentlichen Details bereits erfahren.

Als die Stunde endlich vorbei war, atmete sie tief durch, bürstete ihr offenes Haar und ging zu Markus hinüber. Er öffnete ihr sofort nach dem ersten Anklopfen, und Eva blieb der Mund offenstehen, während sie eintrat.

Er hatte das Licht ausgeschaltet, dafür brannten überall Kerzen. Auf dem Tisch standen eine Flasche Wein, Gläser und Obst bereit.

Markus fuhr sich durch sein leicht feuchtes Haar – er hatte wohl auch geduscht, so gut wie er schon wieder roch – und raunte: »Vielleicht können wir den aufregenden Tag ganz entspannt ausklingen lassen.«

»Eine gute Idee«, antwortete sie mit einem leichten Zittern in der Stimme, denn sie wusste, worauf das hinauslaufen würde. Aber nicht nur sie hatte Herzklopfen. Seine Nervosität war beinahe greifbar – er rieb sich ständig über den Nacken oder räusperte sich –, was ihn nur sympathischer machte.

Sie setzten sich an den Tisch, um anzustoßen, naschten etwas Obst und ließen die letzten Stunden Revue passieren. Eva stand auf und stellte sich neben ihn, um ihm all die Fotos zu zeigen, die sie geschossen hatte. Da drehte er sich auf dem Stuhl zur Seite, legte die Arme um sie und schmiegte das Gesicht an ihren Bauch.

Tief einatmend schloss er die Augen und hielt sie fest, als würde sich ein Ertrinkender an etwas klammern oder … als würde er sich einfach nur nach einer Umarmung sehnen. Ihr Herz wummerte gleich noch härter.

So verhielt sich kein Mann, der lediglich eine Affäre wollte, oder?

Ihre Hoffnung wuchs.

Nachdem sie ihr Handy weggelegt hatte, fuhr sie ihm durch das Haar und über den Nacken. Daraufhin seufzte er selig und ließ die Hände an ihren Beinen herauf und unter ihrem Kleid nach oben wandern.

Eva genoss seine Streicheleinheiten und dass sie sich beide nicht nur körperlich, sondern in diesem Augenblick auch irgendwie seelisch nahe waren. Keiner sprach ein Wort, und dennoch fühlte sich der Moment einfach richtig, friedlich und schön an.

Als er an ihren Pobacken ankam, legte er den Kopf in den Nacken und riss die Augen auf. »Du trägst ja gar kein Höschen!«

Das war ihr völlig entfallen! Sie hatte komplett auf Unterwäsche verzichtet, weil es in Marens Wohnung ziemlich warm war und … weil sie sich ein wenig verrucht hatte fühlen wollen.

Sie wusste überhaupt nicht, was sie nun antworten sollte. Was dachte er jetzt bloß von ihr?

Zum Glück nahm ihr Markus sämtliche Entscheidungen und Antworten ab, denn er stand auf, zog sie an sich und küsste sie verlangend.

Eva schmolz in seinen Armen, sank leise stöhnend gegen ihn. Er knetete durch das Kleid ihre Pobacken und zog sie daran fest an seinen Unterleib, woraufhin sie spürte, wie es um ihn bestellt war. Sie allein löste das bei ihm aus.

Eva zerrte ihm das T-Shirt über den Kopf, und Markus schlüpfte aus der Hose. Als sie beide ganz nackt waren, dachte sie wie so oft: *Was für ein schöner Mann*, bevor sie beide auf dem Bett landeten. Dort küssten sie sich wieder ausgiebig, während er sie überall streichelte. Eva stand unter Strom, und jeder Zentimeter ihres Körpers kribbelte angenehm.

Allein seine Nähe wahrzunehmen und ihn zu küssen, war jedes Mal wunderbar. Doch seine Haut direkt an ihrer zu fühlen, intensivierte all ihre wunderbaren Empfindungen.

Markus legte sich auf sie, wobei er sich mit den Ellbogen abstützte, und schenkte ihr einen lustverhangenen Blick. Er küsste ihren Hals, ihre Brüste, ihren Bauch. Eva genoss seine große, männliche Gestalt auf ihrem Körper sehr. Sie musste ihn ständig berühren.

Nachdem sie sich gegenseitig ausgiebig erforscht hatten und er abermals auf ihr lag, fragte er mit rauer Stimme: »Willst du noch ein bisschen weiter gehen?«

Und wie sie es wollte!

Als sie atemlos nickte, weil sie nicht mehr fähig war, zu sprechen, streckte er den Arm aus und zog die Schublade am Nachttisch auf. Daraus holte er ein Kondompäckchen.

»Nimmst du immer Gummis mit, wenn du verreist?«, fragte sie schief grinsend.

»Nein, die habe ich letztens im Supermarkt gekauft.«

»Ah, deshalb durfte ich weder mit rein noch die Tüten ausräumen.«

Seine Mundwinkel hoben sich. »Erwischt.«

Himmel, er war so unglaublich süß und sexy und rücksichtsvoll und einfach der Allerbeste.

Sein Geruch, die ganze romantische Atmosphäre und

sämtliche schönen Gefühle überwältigten sie, vor allem als sie mit ihm verschmolz und ihre Körper eins wurden. Während Markus sie in andere Sphären trug, schwebte Eva auf Wolke sieben und wollte nie mehr woanders sein.

Kapitel 17

Wie im Flug

Die nächsten Tage mit Markus vergingen leider noch viel schneller als die ersten. Sie besuchten abwechselnd Traumstrände oder Städte, und heute waren Banditenverstecke an der Reihe. Zuerst fuhren sie nach Aggius ins »Museo del Banditismo«. Es befand sich in einem unscheinbaren Steingebäude, das sich nicht von den anderen Häusern der urigen Ortschaft unterschied. Ungefähr ab der Mitte des 16. Jahrhunderts war das kleine Dorf das Zentrum des Banditentums gewesen. Von dort aus brachen die Männer zu ihren Raubzügen auf.

Für vier Euro Eintritt bekamen sie im Museum viele interessante Informationen nicht nur über die Banditen, sondern auch über die damalige Hirtenkultur geboten. Sie bestaunten alte Waffen in Schaukästen, lasen sich die Schicksale der einzelnen Räuber und deren Familien durch und erfuhren einiges über die damalige Lebensweise. Es betrübte Eva, dass raffsüchtige, mächtige Menschen versucht hatten, auch dieses Inselvolk auszubeuten. Das zog sich quer durch alle Jahrhunderte. Aber vor Habgier schien niemand gewappnet zu sein. Kein Wunder, dass die Sarden versucht hatten, ihr Hab und Gut zu verteidigen, und stehlen mussten, um zu überleben.

In einigen alten Bergdörfern waren sogar noch Einschusslöcher an Hauswänden und Straßenschildern zu erkennen, die an blutige Zeiten erinnerten, die vielleicht auch noch Andria und Giuanna erlebt hatten. Bauern und Hirten hatten sich damals zusammengetan, um sich gegen Plünderer zu schützen, die meinten, ihre Insel einnehmen zu können. Sie selbst bestahlen die reichen, selbsternannten Herrscher und verteilten ihre Beute unter den Familien ihres Ortes. In ihrer Gemeinschaft galten diese Leute als gute Männer, und die Dorfbewohner boten ihnen Unterschlupf vor dem Gesetz. Es gab niemanden, der diese Banditen verriet. Sobald die Carabinieri ins Dorf kam, verschlossen die Frauen ihre Häuser und gruben darunter sogar Fluchttunnel für ihre Männer.

Sardinien hatte also ihre eigenen Robin Hoods. Der »berühmteste« von ihnen war wohl Sebastiano Tansu, der 1827 taubstumm zur Welt kam und später aus Rache sämtliche Grenzen überschritt, nachdem sein Bruder ermordet worden war. Er verschonte nicht einmal Frauen und Kinder. Tansu kannte keine Gnade und wurde sogar zu einer Art Auftragskiller. Von allen wurde er nur »der Schreckliche« oder »der Sohn des Teufels« genannt.

Markus interessierten die Artikel über die alten Blutfehden am meisten. Die bekannteste handelte ebenfalls von Sebastiano Tansu.

Markus übersetzte ihr den auf Englisch geschriebenen Text, der unter einem Foto des Banditen hing: »Sebastiano Tansu gilt als eine der Hauptfiguren einer blutigen Fehde zwischen den Familien Tansu und Mamia. Auslöser war ein nicht eingelöstes Eheversprechen, denn die Frau, die Sebastiano heiraten sollte, liebte einen anderen und verschmähte ihn. 1850 begann die Fehde durch den Mord an Sebastianos Bruder Michele, der ein Mitglied des gegnerischen Clans ermorden wollte, um die Familienehre der Tansus wiederherzustellen. Daraufhin schoss Sebastiano den kleinen Bruder der versprochenen Braut vom Pferd. Dabei verletzte Sebastiano das ungeschriebene Gesetz, Kinder zu töten.«

»Aus Robin Hood wurde dann wohl eher ein dunkler Rächer«, murmelte Eva, die gebannt lauschte.

Markus nickte. »Die Familie des toten Jungen setzte sofort zum Gegenschlag an, und nach sechs Jahren Blutrache zwischen den Familien waren über siebzig Menschen tot.«

»Das ist ja schrecklich«, flüsterte sie. »Wie endete das Ganze?«

»1856 versöhnten sich die Clans in einer Kirche. Doch man weiß nicht genau, wie es mit Sebastiano Tansu weiterging. Zwei Jahre später wurde er zum letzten Mal gesehen. Über sein Ende gibt es verschiedene Versionen. Die einen behaupten, er sei erschossen worden, weil er das Morden doch nicht lassen konnte. Andere sagen, er habe sich in seinem Versteck selbst umgebracht, wieder andere wollen ihn auf der Insel Korsika gesehen haben, wo er ein neues Leben begonnen haben soll.«

»Sehr spannend, aber auch unglaublich tragisch, dass eine verschmähte Liebe zu so viel Leid führen kann.« Das erinnerte sie irgendwie an die Geschichte der beiden Frauen.

»Es gibt sogar einen Roman über ihn, der ist aber nur auf

Italienisch erschienen.«

»Ich brauche dieses Buch«, sagte Eva entschlossen. »Und Maren muss mir die Geschichte mal übersetzen.«

»Und du erzählst sie dann mir.« Markus grinste sie an, doch sein Lächeln erstarrte, und sie gingen schnell zum nächsten Schaukasten. Hatte er sich daran erinnert, dass ihre »Beziehung« nur so lange dauerte, wie er hier Urlaub machte?

Danach würde es kein »wir« mehr geben, und das machte Eva unendlich traurig …

Nach dem Museumsbesuch fuhren sie durch ein paar dieser Banditenstädte, von denen sich auch viele in der Mitte Sardiniens befanden. Zahlreiche Wandgemälde von früheren Künstlern stellten die Geschichte nach.

Kaum etwas schien sich in diesen Dörfchen in den letzten Jahrzehnten verändert zu haben: Die Männer saßen vor den Häusern auf Holzbänken, rauchten oder tranken Wein, während die Frauen drinnen Pasta kochten. Nur eine Handvoll Touristen verirrte sich in die engen, gepflasterten Gassen zwischen den alten Steinhäusern, in denen man noch das traditionelle Leben sehen konnte. Es kam ihnen so vor, als wäre die Zeit stehen geblieben.

Wenn sie das doch wirklich könnte! Eva zählte bereits die wenigen Tage, die ihr noch mit Markus blieben.

Einen Tag später marschierten sie zu versteckten Wasserfällen und waren völlig allein, als sie zu einer – wie es laut

Reiseblog hieß – von Feen bewohnten Grotte kamen. Nur Schafe kreuzten ihren Weg, und es duftete nach Rosmarin, Thymian und Myrte.

Eva kam sich vor wie in einer anderen Welt, wie in einem Traumland, mit dem Traummann an ihrer Seite.

An einem anderen, bewölkten Tag unternahmen sie ganz im Norden der Insel eine Wanderung durch bizarre Felslandschaften der zerklüfteten Granitkolosse und erkannten in den verrückten Steinformationen die lustigsten Dinge wie Nilpferdpopos, grinsende Fratzen oder Dinosaurier.

Einmal fuhren sie auch an der Ostküste entlang, um sich einige Ferienorte und deren Strände anzusehen, blieben dann jedoch lieber bei den weniger überlaufenen Geheimtipps, von denen Maren noch ein paar in der Hinterhand hatte.

Tagsüber erforschten sie die Insel und feierten das Leben, nachts kosteten sie sinnliche Genüsse aus. Die gemeinsamen Nächte waren kurz, aber sehr heiß, und damit meinte Eva nicht nur die Temperaturen im Zimmer. Markus erwies sich als einfühlsamer und zuvorkommender Liebhaber. Allerdings war er auch experimentierfreudig. Mit Jens hatte es immer nur zwei Standardstellungen gegeben, doch mit Markus schienen die Möglichkeiten unendlich zu sein.

Leider verliebte sich Eva mit jedem Tag mehr in ihn. Sie wusste nicht, wie sie es überleben sollte, wenn er zurück nach Deutschland flog. Zwischen ihnen sollte es niemals zu Ende gehen.

Kapitel 18

Abschiedsschmerz

Markus konnte es kaum begreifen, als der Tag seines Rückfluges anbrach. Wo waren nur die letzten drei Wochen geblieben?

Er blickte auf die schlafende Traumfrau neben sich und wünschte, er könnte für immer mit ihr hier liegen. Leider hatten sie nur noch Zeit für ein Frühstück, dann musste er auch schon zum Flughafen.

Er widerstand dem Drang, Eva an sich zu ziehen und sich an ihren nackten Körper zu schmiegen, denn dann würde er sich gar nicht mehr von ihr lösen können und den Flug verpassen. Deshalb stand er schweren Herzens auf und sprang unter die Dusche.

Während er sich wusch, überlegte er unentwegt, wie er das Gespräch auf ihre »Beziehung« lenken könnte. Seinem Gefühl nach war Eva bereit für mehr als eine Affäre, falls er die ganzen Zeichen der letzten Wochen nicht falsch deutete: ihre verträumten Blicke, die zärtlichen Küsse, ihre Hingabe im Bett …

Ihn machte es glücklich, sie ständig in der Nähe zu wissen, ihre Hand zu halten, die Nase in ihr Haar zu stecken, an ihr zu riechen. Oh, und wie sie duftete! Er war regelrecht süchtig nach ihrem Geruch.

All diese wunderbaren Gefühle und Momente hatte er nach Katjas Tod beinahe vergessen. Doch jetzt, da er sie reaktiviert hatte, wollte er sie nicht länger missen.

Markus wünschte sich nichts sehnlicher, als dass aus ihrer Urlaubsliebelei etwas Ernstes wurde. Zwar lebte sie in München, doch im Grunde konnte sie arbeiten, wo sie wollte, wie er schließlich wusste. Sie könnte ihn also nicht nur an den Wochenenden besuchen, sondern eigentlich für immer bei ihm bleiben. Er musste sich nur trauen, sie zu fragen, ob sich ihre Gefühle für ihn vielleicht geändert hatten. Intensiver geworden waren.

So wie seine für sie.

Fest entschlossen, sein Vorhaben in die Tat umzusetzen, trat er, nur mit einem Handtuch bekleidet, aus dem Badezimmer. Doch das Bett war leer, Eva nicht mehr im Raum.

Wahrscheinlich befand sie sich schon in Marens Wohnung, um sich frischzumachen und Frühstück vorzubereiten. Sie aßen immer dort oder auf der Terrasse.

Nachdem er sich angezogen hatte, warf er nur schnell all seine Sachen in die Koffer und eilte nach drüben. Tatsächlich war Eva bereits angezogen, hatte Kaffee gekocht und den Tisch gedeckt.

»Guten Morgen«, raunte er und wollte sie küssen, doch im letzten Moment drehte sie leicht den Kopf, sodass seine Lippen ihre Wange trafen.

»Morgen«, murmelte sie, ohne ihn anzublicken, und schenkte ihnen ein. Dabei zitterte ihre Hand.

Sie wirkte aufgeregt.

Verdammt, das war er auch!

Womöglich beschäftigte sie ja dasselbe wie ihn?

Er setzte sich ihr gegenüber und nahm erst einmal ein paar kräftige Schlucke Kaffee, in der Hoffnung, einen klaren Kopf zu bekommen. Das Einzige, was er erhielt, war eine verbrannte Zunge.

Also keine Zungenküsse zum Abschied, dachte er schmunzelnd und wollte sie gerade fragen, wie sie zu ihrer Beziehung stand, als sie aufsprang und rief: »Oh je, ich habe Pino vergessen. Bin gleich wieder da!«

Und weg war sie.

Normalerweise kümmerten sie sich gemeinsam um den Kater und gossen danach die Pflanzen. Heute schien Eva seine Anwesenheit nicht zu ertragen. Sie verhielt sich seltsam kühl und wortkarg.

Verflixt! Hatte sie vielleicht vermutet, was er sie fragen wollte, und war deshalb vor ihm geflohen?

Als sie knapp eine Viertelstunde später zurückkam und er längst mit dem Frühstück fertig war, traute er sich nicht mehr, sie anzusprechen, aus Angst, enttäuscht zu werden.

»Willst du nichts essen?«, fragte er sie, weil sie ihren Teller abräumte.

»Hab keinen Hunger.«

Markus kannte ihren Appetit. Das konnte also nur bedeuten, dass sie es nicht länger ertrug, mit ihm an einem Tisch zu sitzen.

Fuck, alles lief falsch!

Sie wollte wohl gleich einen harten und schnellen Schlussstrich ziehen. Das war auch für ihn besser, bevor er sich länger etwas ausmalte, was niemals sein würde.

Wortlos half er ihr, alles aufzuräumen, wobei in seinem Inneren ein Orkan an Gefühlen tobte. Er war enttäuscht und wütend zugleich, schalt sich einen Narren, weil er sich eingebildet hatte, sie würde ihn lieben, und wollte sie im nächsten Moment an sich reißen und so lange küssen, bis sie zu Sinnen kam und erkannte, wie gut sie beide zusammenpassten.

»Soll ich dich zum Flughafen fahren?«, fragte sie kaum hörbar und durchbrach diese ätzende Stille zwischen ihnen.

»Ich werde mir ein Taxi nehmen«, antwortete er knapp. Er wollte es für sich nicht noch schwerer machen, als es ohnehin schon war. »Ich gehe dann mal rüber, um zu packen.« Das hatte er zwar mehr oder weniger bereits, aber das wusste sie nicht.

Bevor er Marens Wohnung verließ, fragte er, ohne sich umzublicken: »Sehen wir uns noch?«

»Natürlich!«, stieß sie etwas zu laut und schnell hervor. Bestimmt konnte sie es kaum erwarten, ihn loszuhaben.

Eva starb innerlich tausend Tode. Der Abschied stand kurz bevor, und zwischen Markus und ihr fühlte sich nichts mehr an wie zuvor.

Da ihr die Bedingungen ihrer Abmachung nicht entfallen waren, hatte sie sich am Morgen aus seinem Apartment gestohlen, während er sich im Badezimmer aufgehalten hatte. Denn gemeinsam mit ihm zu duschen und herumzuscherzen, hätte sich heute falsch angefühlt.

Seitdem machte sie sich ununterbrochen Gedanken, wie sie herausfinden könnte, ob er mehr für sie empfand als »Freundschaft plus«, sexuelle Anziehung oder was auch immer das zwischen ihnen war.

Ständig floh sie vor ihm, schob das Frühstück oder Pino vor, weil sie Markus nicht ansehen und kaum mit ihm sprechen konnte, ohne in Tränen auszubrechen.

Als sie ihn gefragt hatte, ob sie ihn zum Flughafen fahren sollte, war das ihr letzter Versuch gewesen, sich voranzutasten. Doch da er sich ein Taxi rufen wollte, war für sie klar, dass es zwischen ihnen zu Ende war, sobald er einen Fuß aus der Pension setzte.

Eva hätte sich so sehr ein Happy End gewünscht, aber das gab es wohl nur im Märchen.

Ach, nicht einmal immer da, dachte sie sarkastisch und erinnerte sich, wie die meisten berühmten Märchen früher ausgegangen waren, bevor sie kindgerecht umgeschrieben worden waren. Der Wolf hatte Rotkäppchen tatsächlich aufgefressen – und dem Mädchen zuvor die Großmutter zum Essen serviert. Die kleine Meerjungfrau hatte sich in Schaum aufgelöst, anstatt den Prinzen zu bekommen, und Dornröschens Schicksal war ohnehin das tragischste von allen …

Evas Herz schmerzte so sehr, dass sie befürchtete, es würde vor Kummer gleich den letzten Schlag machen. Wie in Zeitlupe schritt sie die Treppe zur Rezeption hinunter und wartete dort auf Markus, wobei sich ihr nervöser, leerer Magen permanent zusammenzog.

Als er schließlich auftauchte, wummerte ihr Herz heftig los. Für den Flug hatte er sich seine lange Sommerstoffhose, ein T-Shirt und schwarze Sneaker angezogen. Wie immer wirkte er außerordentlich attraktiv auf sie.

Auch er schien sie kaum ansehen zu können, aber vermutlich aus anderen Gründen.

»Okay, dann …« Er ließ seine Koffer nicht los, als er bei ihr stehen blieb. »Sperr immer ab und … gib Pino auch mal einen Extrastreichler mit schönen Grüßen von mir.«

»Mach ich«, krächzte sie. »Ist sonst noch was?«

Sie wünschte sich ungemein, dass er jeden Moment das Gepäck loslassen und ihr um den Hals fallen würde, um sie wild zu küssen. Doch seine Miene wurde plötzlich eisig. Er schüttelte den Kopf und öffnete die Tür. »Mach's gut«, murmelte er, bevor er regelrecht nach draußen stürmte.

Ohne sie zum Abschied zu küssen.

Ohne sie noch ein letztes Mal zu umarmen.

Ohne ihr zu sagen, wie sehr er sich in den letzten Wochen in sie verliebt hatte und wünschte, er könne noch bleiben …

Vor der Pension wartete bereits das Taxi auf ihn. Markus drehte sich nicht ein Mal zu ihr um, während er mit dem Fahrer das Gepäck einlud und einstieg.

Wie in Trance blieb Eva an der Tür stehen, schloss ab und schaute durch das Glas dem wegfahrenden Taxi hinterher, bis es nicht mehr zu sehen war. Bis zuletzt hoffte sie, dass Markus aus dem Wagen springen und zu ihr zurücklaufen würde.

So etwas geschah aber nur in Filmen.

Eine plötzliche Leere ergriff von ihr Besitz und eine Eiseskälte kroch durch ihren Körper. Ihr Leben fühlte sich ohne ihn bedeutungslos an, und die Pension war ohne Markus nur ein Haus ohne Seele.

Wow, wie superdramatisch das klang. Doch genau so fühlte sie sich gerade.

Erst als sie aufschluchzte und der Laut durch den Eingangsbereich hallte, bemerkte sie, dass ihr die Tränen wie kleine Sturzbäche über die Wangen liefen.

Verflucht, sie hatte gewusst, worauf sie sich einließ und dass es für sie in jeder Menge Herzschmerz enden würde. Dabei hasste sie Liebeskummer! Den hatte sie nach Jens' Auszug bereits zur Genüge gehabt. Den brauchte sie nicht schon wieder!

Aber es hätte nichts geholfen, sich gegen die aufkeimende Liebe zu wehren, denn diese Gefühle verhielten sich nicht rational. Außerdem würde sich der Schmerz irgendwann legen, spätestens wenn sie sich entliebt hatte. Bloß wie lange würde das diesmal dauern? Jahre?

Das mit Markus und ihr war noch so frisch und intensiv, dass sie aktuell glaubte, der Schmerz würde nie vergehen und sie Stück für Stück von innen zerfressen.

Fühlte er denn kein bisschen wie sie? All die schönen gemeinsamen Momente, seine Zärtlichkeiten – das alles hatte er ihr doch nicht vorgespielt?

Waren denn wirklich alle Männer Arschlöcher?

Wie von selbst trugen sie ihre Füße nach draußen auf die Terrasse. Womöglich lenkte es sie ein wenig ab, wenn sie die Pflanzen goss. Das, allerdings, schien der Wettergott höchstpersönlich zu erledigen, denn plötzlich brach ein gewaltiger Regenschauer los. Eva hatte die grauen Wolken bisher gar nicht bemerkt. Das war der erste Regentag, seit sie auf die Insel gekommen war, und das Wetter passte perfekt zu ihrer Stimmung. Pino ließ sich leider auch nirgendwo blicken, um ihr ein bisschen Trost zu spenden. Daher blieb Eva einfach auf der Terrasse stehen, wandte das Gesicht dem Himmel zu, sodass sich ihre Tränen mit den warmen Tropfen mischten, und hoffte, dass der Schauer ein kleines bisschen ihrer Traurigkeit wegspülte.

Kapitel 19

Herzschmerz

Markus saß am Schreibtisch im Büro seiner Kanzlei und spielte mit dem Ersatzschlüssel, der zu Marens Pension gehörte. Weil er völlig überstürzt abgereist war, hatte er total vergessen, ihn zurückzulegen. Zum Glück hielt sich Maren nur ein paar Kilometer entfernt von ihm in Köln auf. Er könnte ihr den Schlüssel also persönlich bringen und sie bei der Gelegenheit gleich fragen, wie es Eva ging … oder ob Maren ihren Freund, diesen Kommissar, vielleicht bitten könnte, hin und wieder nach dem Rechten zu sehen. Wobei ihm der Gedanke, dass sie einen anderen Mann hereinließ – auch wenn es ein Polizist war – nicht behagte.

Verflucht!

Dass sich Eva ganz allein in der Pension aufhielt, gefiel ihm überhaupt nicht. Hoffentlich sperrte sie nachts immer ab, sowohl die Haustür, als auch die Wohnung. Er hatte gar kein gutes Gefühl gehabt, nachdem er sie zurückgelassen hatte.

Da er sich nicht auf die Arbeit konzentrieren konnte – er dankte seinen Angestellten, dass sie hier alles am Laufen hielten und die meisten Telefongespräche annahmen – blätterte er die Sardinien-Fotos auf seinem Smartphone durch.

Das war eine verflixt dumme Idee, doch er konnte nicht

anders. Ein paar Bilder hatte er selbst gemacht, aber die meisten stammten von Eva. Ihn interessierten allerdings nur die wenigen, auf denen sie zu sehen war.

Eva, die ihr Gesicht lächelnd der Sonne entgegenstreckte.

Eva, wie sie in dem türkisfarbenen Bikini am Strand lag.

Eva, die Pino streichelte, der sich auf ihrem Schoß zusammengerollt hatte.

Eva, die ihm frech die Zunge herausstreckte …

Sie zu erblicken, verstärkte diesen ätzenden Schmerz hinter seinem Brustbein immens. Sie hatten solch eine fantastische Zeit zusammen erlebt! Unendlich viel gelacht, gekuschelt, Händchen gehalten …

Er hatte sich bei ihr unglaublich wohlgefühlt und geglaubt, ihr würde es mit ihm nicht anders ergehen. Deshalb hatte er kurz vor seiner Abreise gehofft, sie würde ihm um den Hals fallen und ihn bitten, bei ihr zu bleiben.

Verdammt, es hatte ihn voll erwischt! Das hätte er niemals für möglich gehalten. Doch nun war es passiert: Er hatte sich rettungslos in Eva verliebt.

Und da waren sie wieder, diese emotionalen Qualen, die er nie mehr hatte fühlen wollen. Dabei war er erst zwei Tage von ihr getrennt! Zwar war Eva nicht tot – Gott sei Dank! Aber für ihn fühlte es sich an, als würde jemand eine Faust um sein Herz legen und fest zudrücken. Des Weiteren schnürte ihm ein unsichtbarer Gürtel um seinen Brustkorb die Luft ab, und in seinem Magen rumorte es ständig. Sämtlichen Appetit hatte er auch verloren.

Er musste die Frau, mit der er die schönste Zeit der letzten Jahre verbracht hatte, vergessen oder er würde wieder zu diesem Wrack werden, das er nie mehr hatte sein wollen. Außerdem sollte er sämtliche Fotos löschen und ihre Nummer am besten gleich dazu. Eva hatte sich bisher nicht bei ihm gemeldet, und er würde sie ganz bestimmt nicht anschreiben und sich zum Affen machen. Er musste akzeptieren, dass es aus und vorbei war.

Resolut griff er zum Telefon. Er würde sich nun mit Maren verabreden, ihr den Schlüssel zurückgeben und einen knallharten Schlussstrich ziehen.

Markus konnte sich mit Maren gleich am nächsten Tag in einem Café in der Kölner Innenstadt treffen. Da seine Parkplatzsuche etwas länger gedauert hatte, saß sie bereits draußen unter einem Sonnenschirm und winkte ihm lächelnd zu.

Als er sie sah, fühlte er sich im ersten Moment besser. Doch dann wurde ihm schlagartig bewusst, dass sie und Eva Freundinnen waren und Maren ihn wohl immer an seine »Inselaffäre« erinnern würde.

Sie umarmten sich zur Begrüßung, dann bestellte Maren Cappuccino und er Kaffee. Schwarz.

Nachdem sie sich beide über die Therapie von Marens Mutter unterhalten hatten, die den Umständen nach zum Glück erfolgversprechend verlief, schob er ihr den Schlüssel hin.

Maren ließ ihn neben ihrer Tasse liegen und blickte Markus mitfühlend an. »Dir geht es ganz schön beschissen, wenn ich dich so ansehe.«

»Hat Eva dir erzählt, was zwischen uns war?«, fragte er zerknirscht.

»Natürlich, auch wie ihr auseinandergegangen seid.«

Tief holte er Luft, bevor er ungehalten hervorstieß: »Verdammt, sie fehlt mir.«

Maren lächelte ihn sanft an. »Hast du ihr das gesagt?«

Er schüttelte den Kopf, und sie verdrehte die Augen.

»Warum denn nicht?«

»Wir hatten ausgemacht, dass wir eine schöne Zeit miteinander haben, solange ich auf Sardinien bin. Mehr nicht. Sie ist noch nicht über Jens hinweg.«

Maren blickte ihn an wie ein Schaf. »*Das* hat sie dir gesagt?«

»Ganz am Anfang, ja.«

»Bei eurem Abschied habt ihr nicht noch mal über eure Gefühle geredet?«

Als er ihr einen scharfen Blick schenkte, weil sie sehr wohl über alles im Bilde war, sagte sie schief grinsend: »Habt ihr nicht.« Sie nippte an ihrem Cappu und warf wie beiläufig ein: »Jens, also ihr Ex, hat sich übrigens gestern bei ihr gemeldet«, woraufhin sein Herz fast zu zerspringen drohte.

»Und?«, knurrte er. »Was wollte dieser Idiot?«

»Er hat sie mehr oder weniger angefleht, ihn zurückzunehmen. Läuft wohl nicht so toll mit seiner neuen Flamme.«

Sein eigener Puls dröhnte ihm in den Ohren. »Bekommt die nicht sein Kind?«

Maren zuckte mit den Schultern. »Er bezweifelt wohl, dass es seins sein könnte. Er will aber keinen Test machen, sondern lieber seine junge Freundin verlassen und zu Eva zurückkriechen.«

»Was für ein Arsch«, murmelte er.

Gott, war ihm schlecht. Er konnte nicht einmal seinen Kaffee trinken, sondern rührte nur ungehalten darin herum.

Er sank auf seinem Stuhl tiefer, holte Luft und stieß übellaunig hervor: »Ich wünsche Eva trotzdem, dass sie mit ihm glücklich wird.«

»Warum sollte sie das?« Maren schnaubte. »Er ist ein Vollidiot! War er im Grunde immer.«

Sein Herz drohte, einen Schlag auszusetzen. »Na, sie nimmt ihn doch sicher zurück?«

Kopfschüttelnd wandte sie die Augen gen Himmel. »Eiei-ei, Liebe macht wirklich blind.« Sie beugte sich ein Stück über den Tisch und grinste breit. »Eva hat diesen Idioten abserviert, du Dummkopf. Dreimal darfst du raten, warum.«

Sein Puls überschlug sich, und er krächzte: »Warum?« Er wollte es aus Marens Mund hören, sonst würde er es nicht glauben können.

Selbstgefällig lächelnd lehnte sie sich zurück. »Ich habe Eva hoch und heilig versprechen müssen, dir bloß kein Wort zu schreiben, was sie mir über ihr Gefühlschaos erzählt hat, oder mit dir darüber am Telefon zu spr…«

»Maren!«, rief er, sodass die Gäste am Nebentisch zu ihnen hersahen. Er drehte gleich durch! Warum mussten Frauen – zumindest einige – immer aus allem ein Geheimnis machen?

Sie hob die Tasse zum Mund und murmelte über den Rand hinweg: »Wenn ich es dir persönlich sage, breche ich ja nicht ihre Regel.«

»Maren«, zischte er. »Mein Herz ist nicht mehr das jüngste. Also sprich endlich!«

Sie stellte die Tasse ab und ihre Miene wurde ernst. »Eva ist todunglücklich. Sie vermisst dich höllisch.«

Ein wohlig warmes Gefühl breitete sich hinter seinem Brustbein aus und in seinem Magen prickelte es vor Aufregung. »Warum hat sie denn nichts gesagt, als ich gegangen bin? Stattdessen wirkte sie total abwesend!«

»Na, weil du zu Beginn eurer Affäre klipp und klar gesagt hast, dass es zwischen euch nie mehr als ein Abenteuer geben wird. Das hast du auch im Laufe der drei Wochen nicht revidiert. Außerdem wollte sie nicht, dass du denkst, sie würde dir hinterherlaufen.«

»Fuck«, knurrte er, sprang auf und marschierte vor dem Tisch auf und ab, sodass ihn wieder alle anblickten. Doch das war ihm völlig egal.

Maren schmunzelte. »Ihr hättet wirklich mal tiefergehende Gespräche führen sollen, anstatt ständig zu pimpern.«

Er grinste. »Wir haben nicht ständig … Was hat sie dir denn alles erzählt?«

»Die beste Freundin schweigt und ist furchtbar eifersüchtig auf euer Liebesglück.« Sie richtete einen verträumten Blick in die Ferne, als würde sie an jemanden denken.

Markus wollte ihr gerade an die Gurgel gehen, da gab sie ihm lächelnd den Schlüssel zurück und sagte: »Weißt du was? Am besten, du bringst ihn direkt selbst zur Pension. Dann kannst du dich gleich mit Eva aussprechen und dieses unfassbare Elend zwischen euch beenden. Ich kann es nicht ertragen, meine beiden Lieblingsmenschen am Boden zerstört zu sehen. Wenn jemand neues Glück verdient hat, dann ihr beide.«

»Ich bin wirklich heilfroh, dass ich deinen Schlüssel eingesteckt habe.« Plötzlich fühlte er sich wie der glücklichste Mensch der Welt! »Ich buche direkt den nächsten Flug.« Er umarmte Maren überschwänglich und drückte ihr einen Kuss auf die Wange. »Danke dir. Und das nächste Mal rufst du mich unverzüglich an, wenn du solche Neuigkeiten erfährst, Bester-Freundinnen-Schwur hin oder her.«

Sie zwinkerte. »Abgemacht. Vielleicht hätte ich das ohnehin, wenn ich gewusst hätte, dass du dasselbe für sie fühlst.«

»Eine Sache noch, Maren.«

»Hm?«

»Hast du die Kupplerin gespielt?«

Sie runzelte die Stirn. »Wie meinst du das?«

»Hast du mir absichtlich verschwiegen, dass du nach Köln musst, damit ich den Flug nicht storniere und mit Eva allein in der Pension bin?«

»Danke, dass du mir so viel Raffinesse zutraust«, antwortete sie grinsend. »Aber zu meiner Schande muss ich gestehen, dass ich dich wirklich vergessen habe.«

Erneut umarmte er sie. »Ich werde deinem lückenhaften Gedächtnis ewig dankbar sein.«

Lachend klopfte sie ihm auf die Schulter. »Jetzt buch endlich den Flug, du Dämlack, und sieh zu, dass du zu Eva kommst. Du kannst mir später immer noch danken.«

»Das mache ich sofort«, versprach er ihr. Oder er flog gleich direkt zu ihr nach Sardinien, denn er fühlte sich so unglaublich leicht, als würde er jeden Moment abheben.

Kapitel 20

Wunschträume

Markus wusste, dass Eva genauso litt wie er. Deshalb überlegte er ununterbrochen, ihr zu schreiben. Aber er fand nicht den passenden Einstieg.

Leider war erst am Freitag der nächste Flug frei gewesen, doch auf ein bis zwei Tage mehr oder weniger kam es auch nicht mehr an. Er würde sie also überraschen und ihr alles persönlich sagen, bevor es am Telefon zu irgendwelchen Missverständnissen kam. Denn noch mehr Elend würde sein malträtiertes Herz gewiss nicht ertragen.

Endlich war es so weit; er war zurück auf der Insel!

Markus hatte nur einen Trolley bei sich, als er den Taxifahrer bezahlte, der ihn zur Pension gebracht hatte, und zum Eingang sprintete. Es war abgesperrt.

Er zückte den Schlüssel, trat ein, ließ den Koffer direkt am Empfang stehen und rief: »Eva? Bist du hier?«

Es war beinahe Mittag. Vielleicht hatte sie sich hingelegt oder befand sich auf der Terrasse. Möglicherweise war sie aber auch am Strand oder spazieren gegangen oder machte einen Ausflug. Der Smart stand allerdings vor der Tür, daher konnte sie nicht weit sein.

Nachdem er einen kurzen Blick auf die Terrasse und über das Geländer hinunter zum Strand geworfen hatte und keine Menschenseele sah – selbst Pino war nicht hier, um ihn zu begrüßen –, lief er nach oben und klopfte an Marens Wohnungstür. Als keine Reaktion kam, drehte er am Knauf. Es war nicht abgesperrt!

»Eva? Bist du da?« Er trat ein, und sofort blieb sein Blick am Esstisch haften. Ihr Laptop stand darauf, aber auch mehrere leere Weinflaschen. Daneben lag die Kopie des Abschiedsbriefes der zwei Frauen und … Korken, Kerzenwachs und ein paar Bögen schönes Briefpapier.

Ihm schwante Übles und Übelkeit explodierte in seinem Magen. Nun verfluchte er sich, dass er sie nicht angerufen hatte. Sie würde doch keine Dummheit anstellen?

Mit zitternden Fingern holte er sein Telefon aus der Hosentasche und wählte ihre Nummer. Doch es ging nur die Mailbox dran. Entweder hatte sie ihr Handy ausgeschaltet oder es hatte keinen Empfang.

Kurz überlegte er, ihr etwas draufzusprechen, doch das würde nichts nützen, wenn sie sich dort aufhielt, wo er sie vermutete.

»Fuck!« Panisch suchte er den Autoschlüssel, doch er fand ihn nicht. Dabei durfte er keine Sekunde verlieren! Selbst die Polizei anzurufen, würde nicht helfen, denn bis er der alles erklärt hatte, war er längst selbst an den Klippen.

Markus rannte nach unten, wobei er immer drei Stufen auf einmal nahm, schnappte sich ein Fahrrad und trat ordentlich in die Pedale. Wenn er Glück hatte, schaffte er die

Strecke in zwanzig Minuten. Er konnte nur hoffen, dass Eva noch dort oben an den Klippen stand, weil sie zu große Angst hatte, zu springen.

Eva stand am Rande der Klippe, eventuell sogar genau dort, wo vor siebzig Jahren die beiden Frauen in den Tod gesprungen waren. In der Hand hielt sie ihre Flaschenpost. Eva hatte sich all ihren Schmerz von der Seele geschrieben, außerdem was sie für Markus empfand und wie sehr sie ihn vermisste. Dazu hatte sie sehr lange am Text gefeilt, bis sie ihn schließlich mit einem wasserfesten Stift auf schönes Papier übertragen hatte. Diese Zeilen waren ihre Botschaft ans Universum. Denn wenn man etwas losließ, kam es womöglich zu einem zurück.

So hieß es zumindest.

Sie musste Markus loslassen, und vielleicht fanden sie sich im nächsten Leben wieder und würden gemeinsam glücklich werden.

Ob die Frauen mit der Flasche in der Hand gesprungen waren oder diese zuerst über den Rand geworfen hatten? Das würde niemand mehr erfahren.

Eva machte noch einen halben Schritt bis vor an den Abhang, hob die Flasche über den Kopf und warf sie so weit sie konnte, damit sie im Meer landete und nicht an den Klippen zerschellte. Dabei ließ sie die herrliche Zeit mit Markus gedanklich Revue passieren und spürte dem Glück nach, das sie mit ihm empfunden hatte. Sie hatte sich tatsächlich neu verliebt und mit ihm auf dieser Insel die besten Tage der letzten Jahrzehnte verbracht.

Leider kullerten bei den wundervollen Erinnerungen wieder die Tränen. Ohne Markus fühlte sie sich einfach nicht mehr ganz. In ihm hatte sie ihren Seelenverwandten gefunden.

Der Höhepunkt ihrer Misere war jedoch gewesen, als sich Jens gemeldet und gefragt hatte, ob sie ihn zurücknehmen würde.

Das Schicksal wollte sie wohl verhöhnen?

Jetzt, da sie wusste, wie es zwischen zwei Menschen sein konnte, wie es zwischen Markus und ihr gewesen war, wollte sie nie mehr etwas anderes erleben. Doch nun sollte sie nach vorne sehen, ihren eigenen Weg gehen. Und wenn sie den allein bestreiten musste, war das eben so.

»Eva!« Wie aus weiter Ferne vernahm sie seine Stimme.

Das bildete sie sich bestimmt nur ein. Hier oben wehte ein heftiger Wind, und das leise Pfeifen hörte sich an wie Stimmen, obwohl hier niemand war.

Sie beugte sich nach vorne und blickte über den Rand, um vielleicht ihre Flasche im Meer treiben zu sehen. Allerdings bezweifelte sie, dass das Glas bei diesen Wellen heil geblieben war. Unentwegt krachte das Salzwasser gegen die scharfen Felskanten.

»Eva, nicht!«

Wieder vernahm sie Markus' Stimme, diesmal näher. Das Schicksal spielte ihr wirklich fiese Streiche. »Eva!«

Als sie sich umdrehte, glaubte sie zu träumen.

»Weg … vom … Abgrund!«, rief er völlig außer Atem

und ging gebeugt auf sie zu, wobei er die Hände in die Seiten stemmte. Schweiß lief über sein hochrotes Gesicht und das T-Shirt klebte ihm am Körper.

»Markus?«, wisperte sie und wischte sich hastig über die Augen, da sie wegen des Tränenschleiers alles nur unscharf erkannte. Mehrmals blinzelte sie und kniff einmal fest die Lider zusammen. Er verschwand jedoch nicht, sondern ihre Sicht wurde klarer.

Wie von selbst setzten sich ihre Beine in Bewegung, und als sie sich vor dem Gedenkstein in die Arme schlossen, sackten sie gemeinsam in die Knie und auf den Boden. Er schien kaum noch Kraft zu besitzen.

»Zum Glück bin ich gerade noch rechtzeitig gekommen«, sagte er atemlos, wobei Tränen in seinen dichten, dunklen Wimpern schimmerten. »Ich hätte es nicht überlebt, dich zu verlieren.«

»Was redest du denn da?«, fragte sie schniefend, kuschelte sich fest an ihn und krallte die Finger in sein T-Shirt. Es tat unglaublich gut, ihn zu spüren, auch wenn er wie ein Ofen glühte und sich ganz feucht anfühlte.

»Du wolltest doch springen, oder?«

Sie hob den Kopf und blickte ihm direkt in die Augen. »Wie kommst du denn darauf?«

»Die Flasche … dieser Ort«, antwortete er immer noch ziemlich abgehetzt. »Ich war in der Pension … hab die Flaschen gesehen … bin sofort losgefahren.«

»Markus …«, flüsterte sie ergriffen, wobei sie ihn noch fester umarmte. »Ich bin nur zum Nachdenken hergekommen und habe all meine Gefühle und Wünsche aufgeschrieben, um sie loszulassen.« Und es schien funktioniert zu haben. Lieber Himmel, er war hier, bei ihr!

»Wieso bist du zurückgekommen?«, fragte sie verwundert. Hoffentlich träumte sie nicht!

»Ich habe dich unendlich vermisst«, raunte er.

Sie schluchzte vor Glück. »Warum hast du das nicht gleich gesagt? Oder wenigstens mal geschrieben?«

»Weil du von Anfang an klargemacht hast, dass du nach Jens nur ein Abenteuer suchst.«

Sie verdrehte die Augen und grinste ihn schief an. »Das habe ich nur behauptet, weil du mir sehr deutlich mitgeteilt hast, dass du noch nicht bereit für mehr bist. Ich wollte nicht, dass du dich zu irgendwas verpflichtet fühlst und unglücklich bist. Ich war längst bis über beide Ohren in dich verliebt und habe das mit Jens nur behauptet, weil ich gerne mit dir zusammen sein wollte. Ja, das war sehr egoistisch, aber …«

»Verliebt?«, unterbrach er sie.

Tief blickte sie ihm in die feuchten Augen, legte die Hände an seine Wangen und sagte ergriffen: »Ich liebe dich, Markus.«

»Eva …« Ein dickes Grinsen breitete sich auf seinen schönen Lippen aus. »Ich liebe dich so sehr, dass mein Herz vor Sehnsucht fast explodiert wäre!«

Sie lachte, während sie gleichzeitig weinte. »Du bist echt ein Romantiker.«

»Lass uns in Zukunft bitte immer über alles offen reden. Mein Herz verträgt keine großen Dramen mehr.«

»Meins auch nicht«, gestand sie ihm.

»Gut, dass wir das geklärt haben.« Stürmisch eroberten seine Lippen ihren Mund, und dieser Kuss war der beste, den sie jemals bekommen hatte.

»Wieso hast du nicht geschrieben, dass du kommst?«, wisperte sie zwischen ihren Zärtlichkeiten.

»Ich wollte dich überraschen. Hat Maren dir nichts erzählt?« Er berichtete ihr von seinem Treffen mit ihr und was sie ihm vorgeschlagen hatte.

»Sie hat kein Wort gesagt!« Eva hatte allerdings gespürt, dass sie ihr etwas Wichtiges verschwieg, denn Maren hatte immer wieder gefragt, wie es ihr ging, und behauptet, dass alles gut werden würde, sie müsse nur noch etwas durchhalten.

Eva grinste selig. »Diese blöde Ziege.«

»Ihr verdanken wir, dass wir uns gefunden haben.«

»Ihr oder vielleicht einer höheren Macht«, murmelte Eva und konnte nicht aufhören, Markus zu küssen und zu umarmen. »Wie lange kannst du bleiben?«

»Ich muss leider am Sonntag schon wieder zurückfliegen. Aber ich hoffe sehr, dass wir danach jeden Tag chatten und du mich in Düsseldorf besuchen kommst, sobald du nicht mehr den Aufpasser für Pino und die Pension spielen musst.«

Das zu hören, machte sie zur glücklichsten Frau der Welt. Selig lächelnd erklärte sie ihm: »Ich kann auch für immer bei dir bleiben. In München hält mich nichts mehr.«

»Das klingt ganz nach meinem Geschmack«, raunte er und schenkte ihr noch mehr von diesen fantastischen Küssen.

Das Leben war schön.

Kapitel 21

Ein Jahr später

Eva liebte ihre große Dachterrasse, vor allem wenn wie jetzt die Sonne hoch am Himmel stand und ein angenehmes Lüftchen wehte. Die ruhige Wohnung am Stadtrand von Düsseldorf zu finden, war ein Glückstreffer gewesen, und Markus hatte es nicht weit bis in die Kanzlei.

Gleich im Frühling, kurz nach ihrem Einzug, hatte Eva angefangen, die Terrasse mit allerlei Pflanzen zu einem grünen Paradies umzugestalten. Bei schönem Wetter arbeitete sie mit ihrem Laptop gerne draußen, so wie heute, und Foxy und Findus fanden den kleinen Dschungel ganz aufregend.

Markus und sie hatten das ein Jahr alte Katzenpärchen vor wenigen Wochen aus dem Tierheim geholt. Die beiden waren keine Geschwister, aber unzertrennlich gewesen, weshalb sie beschlossen hatten, kurzerhand zwei Samtpfoten zu adoptieren.

Katze Foxy erinnerte Eva mit dem orangeroten Fell an Pino, nur dass die Süße keinen ausgeprägten Jagdtrieb besaß, sondern unglaublich verschmust war, während der graugetigerte Kater Findus allerlei Unfug anstellte und jedem Schmetterling hinterhersprang.

Gerade dösten die zwei friedlich im Schatten einer Topfpalme, als könnten sie kein Wässerchen trüben. Eva hatte die beiden Fellnasen bereits tief in ihr Herz geschlossen, auch wenn diese sie oft ganz schön auf Trab hielten.

In ihrem neuen Zuhause gefiel es ihr von Tag zu Tag besser. Gemeinsam mit Markus hatte sie neue Möbel ausgesucht, aber bei der Deko und der Terrasse hatte er ihr völlig freie Hand gelassen. Eva weinte niemandem aus ihrer alten Heimat hinterher. Die gemeinsamen Freunde von Jens und ihr hatten sie ohnehin nur an ihren Ex erinnert, weshalb es ihr gut damit ging, einen harten Schlussstrich gezogen und hier ein neues Leben angefangen zu haben.

Es war bereits später Nachmittag, als sie ihren Laptop in ihr kleines Büro brachte, das sie sich mit Markus teilte. Er würde bald aus der Kanzlei kommen und hatte geschrieben, dass er etwas vom Vietnamesen mitbrachte, damit sie nicht zu kochen brauchte. Er war immer noch so zuvorkommend wie am Anfang ihrer Beziehung, und ihre Liebe zu ihm wuchs beständig weiter.

Sie zog sich den türkisfarbenen Bikini an, den Maren ihr geschenkt hatte, und deckte den kleinen runden Holztisch auf der Dachterrasse. Wenn sie gemeinsam Feierabend machten, ließen sie es sich meistens gutgehen, aßen etwas Leckeres, lagen faul auf ihren Liegen und tankten Sonne, lasen ein Buch oder redeten über alles Mögliche. Das Leben war einfach zu kurz, um es nicht zu genießen.

Ob Markus wusste, dass es heute auf den Tag genau ein Jahr her war, seit sie sich an der Tür von Marens Pension das erste Mal gesehen hatten? Das musste gefeiert werden. Aus diesem Grund hatte sie einen italienischen Kuchen gebacken, den sie beide einmal in einem Restaurant auf Sardinien gegessen hatten: eine Torta della Nonna – ein feiner Kuchen mit Zitronen-Vanillecreme und Pinienkernen. Danach roch es in der ganzen Wohnung.

Außerdem freute sich Eva immer noch, dass sie in einer sardischen Zeitschrift erwähnt worden war. Maren hatte ihr das Magazin letzte Woche zugeschickt. Es enthielt einen Artikel über ihren Flaschenfund, für den sie telefonisch interviewt worden war, mit der Überschrift: »Tragisches Geheimnis nach über siebzig Jahren von Urlauberin gelüftet«. Eines der Fotos, das sie von dem Brief und der Flasche gemacht hatte, war auch abgebildet worden. Verrückt, dass das alles bereits wieder ein Jahr zurücklag.

Eva band sich ein weißes Tuch um die Hüften und holte einen guten Rotwein aus der Küche, bevor sie wieder auf die Terrasse ging. Sofort sprang Findus hinter ihr her und versuchte, die Fransen am Saum zu erwischen. Doch als er plötzlich in die Wohnung flitzte und Foxy hinterher, wusste sie, dass Markus von der Arbeit gekommen war.

Sie fand ihn im Badezimmer, als er sich gerade die Hände wusch, woraufhin sie ihm einen Kuss auf die Wange drückte und dabei seinen guten Duft inhalierte. »Hi.« Wie immer, wenn er direkt aus der Kanzlei kam, trug er einen seiner teuren Anzüge, in denen er zum Anknabbern aussah.

»Was riecht hier so lecker?« Er grinste sie an, und ihr Herz flatterte. Sogar nach einem Jahr fühlte sie sich immer noch wie frisch verliebt.

»Ich habe eine Torta della Nonna gebacken.«

Er gab ihr einen Kuss und raunte: »Du verwöhnst mich

zu sehr.«

Foxy strich kläglich maunzend um seine Füße und haarte seine Hosenbeine voll. Sie musste mit Pino verwandt sein, denn die beiden beherrschten denselben jämmerlichen Blick. Findus streifte neugierig durchs Badezimmer und steckte den Kopf in eine von Evas Plüschpantoffeln.

Nachdem sich Markus die Hände abgetrocknet hatte, bückte er sich, um Foxy das Köpfchen zu streicheln. »Hat Eva euch wieder ganz fürchterlich gequält, ihr Armen?«

Sie nickte grinsend. »Wie immer habe ich die beiden sträflich vernachlässigt und nur drei Stunden gekrault, anstatt wie gewünscht den ganzen Tag. Dafür bin ich mit dem neuen Design fertig.« Seit sie Markus kannte, steckte sie voller Ideen und Power, und auf der traumhaften Dachterrasse ging ihr die Arbeit flott von der Hand.

»Deine neue Kreation musst du mir später unbedingt zeigen«, sagte er, woraufhin ihr Herz überquoll vor Freude.

Eva nahm die Tüte mit dem Essen an sich, die er auf einem Badschränkchen abgestellt hatte, und brachte es schon mal raus. Sie ließ es aber lieber noch in der Verpackung, während sie Teller und Besteck holte, denn sie kannte die kleinen, gefräßigen Fellmonster. Deshalb befand sich auch der Kuchen noch in sicherer Verwahrung in der Küche.

Nachdem sie fertig gedeckt und die Weinflasche geöffnet hatte, kam Markus zu ihr. Er hatte sich umgezogen und trug, wie damals im Urlaub, seine lange Stoffhose und ein T-Shirt.

Fast hätte sie bei seinem sexy Anblick auch geschnurrt.

Während sie ihre vietnamesischen Nudeln aßen, grinste

er sie ständig an. Sie wollte ihn gerade fragen, ob er etwas ausgeheckt hatte, als Foxy sie ablenkte. Sie saß zu Evas Füßen und miaute, in der Hoffnung, etwas vom Essen abzubekommen.

Eva schüttelte den Kopf. »Das ist leider nichts für Katzenmägen. Du hattest heute außerdem schon genug.«

Immerhin besaß Foxy den Anstand, erst auf ihren Schoß zu hüpfen, als Eva mit dem Essen fertig war. Dort rollte sie sich zusammen und schnurrte heftig, während Eva sie streichelte.

»Wir sollten Foxy in Schnurrsula umtaufen«, schlug sie Markus vor. »Ich kenne keine Katze, die so viel und so laut schnurrt.«

Er lachte. »Schnurrsula – ja, das passt zu ihr. Sie zeigt dir damit nur, wie sehr sie dich liebt. Falls ich schnurren könnte, würde von den Vibrationen das Haus einstürzen.«

Nun musste auch Eva lachen. Läge Foxy nicht auf ihr, würde sie sich sofort über den Tisch beugen, um Markus zu küssen. »Ich liebe dich, du verrückter Kindskopf.«

»Du wolltest so einen jungen Hüpfer wie mich«, murmelte er zufrieden grinsend.

»Meinst du denselben jungen Hüpfer, der heute Morgen nach dem Aufstehen seinen Ischiasnerv verflucht hat?«

Todernst schüttelte er den Kopf. »Da musst du mich mit jemandem verwechseln.«

»Schade. Mit dem hätte ich jetzt gerne ein Stück vom selbstgebackenen Kuchen gegessen.« Eva nippte schmunzelnd an ihrem Wein. Mit Markus war einfach alles herrlich unkompliziert. Aber auch sein Sohn war ein toller Mensch.

Eva war sehr froh, dass Jannik sie akzeptiert hatte. Letzten Monat war er mit seiner Freundin Elena zwei Wochen zu Besuch gewesen, und Markus und sie planten, bald zu den beiden nach Schottland zu fliegen.

»Wolltest du später nicht noch zum Friedhof?«, fragte sie ihn. Einmal in der Woche besuchte er Katjas Grab.

»Erst morgen wieder«, antwortete er. »Wollte vorher neue Blumen besorgen.«

Eva begleitete ihn manchmal. Als sie vor ein paar Monaten eine Gießkanne geholt und hinter einer Hecke gestanden hatte, war sie unfreiwillig Zeuge eines Gespräches geworden. Markus kniete am Grab und redete mit seiner Frau. Eva hörte, wie er zu Katja sagte, dass er ihren Rat befolgt habe und wieder glücklich sei.

Das hatte ihr so sehr die Tränen in die Augen getrieben, dass die Suche nach einer Gießkanne plötzlich länger gedauert hatte.

Markus war einfach ein unglaublicher Herzensmensch.

»Weißt du, was heute für ein Tag ist?«, fragte sie ihn schnell, um sich abzulenken. Bei dieser Erinnerung kamen ihr jedes Mal die Tränen.

Er grinste verschmitzt. »Wie könnte ich den vergessen.« Schlagartig wurde er wieder ernst und räusperte sich. Er verhielt sich irgendwie seltsam.

»Ist irgendwas?«, wollte sie wissen.

»Ich weiß, dass es dafür noch viel zu früh ist, aber ich muss dich etwas fragen.«

»Du kannst mich alles fragen. Das weißt du doch.«

Jetzt war sie wirklich gespannt. Was war *zu früh*?

Sie hatten darüber gesprochen, ob sie sich vielleicht ein kleines Elektroauto zulegen sollten, zusätzlich zu Markus' großem Firmenwagen. Schließlich fuhr sie nicht so gerne große Autos. Meinte er das?

Als er aufstand und sich neben ihren Stuhl kniete, rutschte ihr das Herz fast bis zu den Zehenspitzen.

Er schob die Hand in seine Hosentasche und hielt ihr kurz darauf einen Silberring hin, auf dem ein bläulicher Stein funkelte. Dabei blickte er mit einem herzerweichenden »Foxy-Blick« zu ihr auf. »Eva Gärtner, willst du meine Frau werden?«

Er wollte … sie heiraten?

Damit hatte sie nicht gerechnet!

Sie hätte bis ans Ende ihrer Tage in wilder Ehe mit ihm zusammengelebt. Das hätte ihr überhaupt nichts ausgemacht! Aber dieser Antrag zeigte ihr, wie ernst er es mit ihr meinte. Wie könnte sie da Nein sagen? Schließlich liebte sie ihn mehr als alles andere auf dieser Welt.

»Und wie ich das will!«, rief sie so laut, dass Foxy von ihrem Schoß sprang.

Eva stand auf, um euphorisch die Arme um Markus' Hals zu schlingen. »Bist du dir wirklich sicher?«, wisperte sie, während Freudentränen an ihren Wangen hinabliefen.

»Ich war mir noch nie bei etwas sicherer«, antwortete er, bevor er sie zärtlich küsste.

Das Leben war fantastisch.

Happy End

Nachwort

Liebe Leserin, lieber Leser,

meistens spreche ich am Ende meiner Bücher über die Recherche, lustige Anekdoten oder gebe Einblicke in meine Arbeitsweise. Heute möchte ich es ganz kurz halten und bloß erklären, dass lediglich die Geschichte mit den beiden Frauen Andria und Giuanna erfunden ist (alle anderen Fakten bezogen auf Sardinien stimmen). Erst nachdem ich die Idee mit der Flaschenpost bereits aufgeschrieben hatte, bin ich auf die wahre Story des Banditen Sebastiano gestoßen und war über einige Parallelen überrascht und erfreut. Denn wie so oft beim Schreiben ergeben sich zufällig glückliche Fügungen, die fantastisch zum Rest der Geschichte passen.

Normalerweise schreibe ich seit 2006 unter mehreren Pseudonymen überwiegend Fantasy, Sci-Fi oder Historicals mit etwas ausführlicheren »Kuschelszenen«.
Zeitgenössische Romane, die in Italien spielen, waren bisher nicht dabei, obwohl ich das Land liebe und schon mehrmals bereist habe. Außerdem sind meine Protagonisten für gewöhnlich etwas jünger.
Dies war meine erste »Later in Life Romance« (Später im Leben), und die hat mir gleich so viel Spaß gemacht (vielleicht, weil ich mich selbst in diesem Alter befinde), dass ich große Lust hätte, sofort mit Marens Geschichte zu

beginnen. Ich hätte sogar schon eine grobe Idee, die lautet so:

Maren hat in ihrem Leben alles erreicht: Sie ist nach Sardinien ausgewandert, leitet auf der Insel eine gut laufende Pension und hat die besten Freunde der Welt. Nur ein Partner fehlt ihr zum vollkommenen Glück.

Seit Jahren ist sie verknallt in Luca, der sie jedoch die meiste Zeit ignoriert. Vielleicht sollte sie sich lieber den attraktiven Commissario Parisi angeln, der sich ständig selbst zum Kaffee einlädt?

Doch es kommt ganz anders. Als sich ihr Kater Pino verletzt und sie ihn zum Tierarzt bringt, trifft sie auf einen deutschen Doktor, der erst seit Kurzem auf der Insel lebt. Er ist ihr sofort sympathisch und …

Mehr verrate ich nicht ;)

Alles Liebe für euch und vielen Dank, dass ihr mit Eva, Markus und Pino auf die Sardinien-Reise mitgekommen seid.

Eure Ariana

Rezept: Evas Auflauf mit grünem Spargel für 2 Personen

Zutaten:

½ Kilo grüner Spargel
250 g Lieblingsnudeln
½ Zwiebel
Parmesan oder Lieblingsstreukäse
Gewürze: Salz, Pfeffer, Olivenöl
(Nach Belieben können diverse Kräuter und Gemüse hinzugefügt werden, ist aber nicht notwendig)

Zubereitung:

Den Spargel schälen (falls nötig) und in reichlich Salzwasser bissfest garen. Danach in mundgerechte Stücke schneiden. Nudeln in Salzwasser bissfest kochen und abschütten. Anschließend in eine gefettete Auflaufform geben und die Spargelstücke hinzufügen. Kleingeschnittene Zwiebeln in Olivenöl leicht anbraten und mit Salz und Pfeffer würzen. Die Mischung über den Spargel und die Nudeln geben. Mit viel Käse bestreuen und im Ofen bei ca. 175 Grad (Heißluft) etwa 10 Minuten überbacken.

Diese Weine passen zu grünem Spargel:
trockener Sauvignon Blanc, Riesling oder Chardonnay

Guten Appetit

Malloreddus nach sardischer Art
für 2 Personen

200 g Malloreddus (kleine Nudeln aus Hartweizen, die wie Muscheln aussehen. In Sardinien werden sie mit Salsiccia und Tomaten gegessen)
50 g grobkörnige Rohwurst (zB. Salsiccia)
400 g Fleischtomaten
150 g geriebener Käse (zB. Pecorino)
½ Zweig Rosmarin
etwas frischen Basilikum
½ rote Zwiebel und eine Chilischote
2 EL Olivenöl, Salz & Pfeffer

Die Tomaten häuten und kleinschneiden. Blätter vom Basilikum abzupfen. Tomaten mit dem Rosmarinzweig, den Stielen des Basilikum und der Chilischote bei geringer Hitze im Topf köcheln lassen, Pfeffer und Salz zufügen. Sugo ca. eine Stunde auf kleinster Flamme köcheln lassen. Anschließend den Rosmarinzweig, die Basilikumstiele und die Chilischote herausholen.
Die Wurst in kleine Stücke schneiden (ca. 2 - 3 cm), die Zwiebel würfeln. In 2 EL nicht zu heißem Olivenöl die Wurst und die Zwiebeln in der Pfanne anbraten, den Sugo und die Basilikumblätter dazugeben und alles vermengen. Mit Salz und Pfeffer abschmecken.

Die Malloreddus nach Packungsanweisung al dente kochen, zum Sugo geben und mit Pecorino bestreut servieren.

Über die Autorin

Ariana Rossi ist das Pseudonym einer in Bayern lebenden Bestsellerautorin, die sich ein Leben ohne Schreiben nicht vorstellen kann. Seit fünfzehn Jahren ist sie in fast allen Genres zu Hause und hat für einige große Verlage geschrieben. Ariana liebt es, ihre LeserInnen in andere Welten zu entführen, in denen es immer ein Happy End gibt.

Als **Inka Loreen Minden** schreibt sie romantische und prickelnde Liebesromane in allen Genres (von Fantasy und Sci-Fi bis Historicals) mit Happy-End-Garantie.

Unter **Monica Davis** veröffentlicht sie fantastisch-romantische Abenteuergeschichten für LeserInnen ab 14 Jahren.

Die Autorin ist zu finden auf

Twitter (inkaloreen)
Instagram (inkaloreenminden)
und Facebook (Books by Inka Loreen Minden)

oder auf

www.inka-loreen-minden.de
(Dort finden sich all ihre Werke)